Stanislas Toussaint
et
le trésor des Templiers

Du même auteur

L'ORPHELIN QUI TRAVERSAIT LE TEMPS

Stanislas Toussaint
et
le trésor des Templiers

Jeff Bothorel

ISBN: 978-2-9567556-2-3

Éditions Jeff Bothorel-204 Av de l'Ensoleillade 83110 Sanary-sur-Mer
8,99€
Dépôt légal JUIN 2020

À tous les sauveteurs en mer qui risquent parfois leur propre vie pour que l'eau salée n'ait jamais le goût des larmes

Le courage est offert, mais pas l'équipement !
Je verserai une partie de mes gains à la SNSM de Bandol pour qu'ils puissent s'équiper, se former et s'entraîner

Prologue

Adossé à un rocher, il regardait la mer déchaînée, son bonnet enfoncé jusqu'aux oreilles, pour se protéger du froid généré par un mistral puissant. Le ciel bleu azur lui offrait une vision magnifique des calanques de Marseille. Il repensait à toutes les péripéties qui, les unes après les autres, avaient fait qu'il soit là aujourd'hui, les mains dans les poches de sa parka. Pour lui, l'existence sur cette terre ne serait plus comme avant.
Tout avait commencé quand, le lendemain de ses vingt-six ans, il s'était rendu compte qu'il n'était pas comme le commun des mortels. Il avait reçu un cadeau que la nature avait décidé de lui donner, pas n'importe quel présent, il avait la possibilité de se réincarner.
Elle avait été généreuse, car en plus de ce cadeau, elle lui avait offert un autre don, celui de se souvenir de tout ce qu'il avait déjà vécu (la mémoire additionnelle). Il n'avait pas eu le temps d'explorer toutes les vies qu'il avait traversées, car les événements s'étaient enchaînés à une vitesse vertigineuse. Sa priorité avait été d'échapper à un groupe de mercenaires, qui l'avaient traqué et capturé*. Ces soldats sans scrupules, obéissaient à un homme d'Église, qui était doté du même don que lui. Pour le moment, Stan voulait mettre de la distance entre ce cardinal, son équipe et lui. C'est comme ça qu'il s'était retrouvé avec ses copains à Callelongue, un quartier retiré de Marseille.
Patrick, son pote de toujours, s'était embarqué de son plein gré dans cette aventure. Alain, son éducateur, n'avait pas hésité une seconde, car il aimait bien ce jeune homme qu'il connaissait depuis longtemps. Abygael, la psy qu'il avait consultée au début de ses problèmes de personnalité, était devenue sa petite amie, quand Stan lui avait prouvé qu'il disait la vérité. Sa beauté et son intelligence l'avaient foudroyé au premier regard.

La rencontre avec Claude s'était produite, après un épisode rocambolesque où celui-ci l'avait aidé à fuir l'Italie à bord de son camion. Stan instantanément, lui avait proposé de se joindre à la bande, pour rechercher un trésor immergé au large de Zanzibar. Avide d'adrénaline, le colosse avait accepté, à condition qu'il puisse emmener Sonia sa compagne.
Tout ce petit monde s'entendait à merveille.
En s'enfuyant de l'hôtel particulier du cardinal à la solde du Vatican, Stan avait subtilisé un joli petit magot dans le coffre ouvert de son bureau.
La spécificité des renaissants (le nom donné aux personnes qui reviennent à la vie) : cumuler des richesses dans le passé pour pouvoir les récupérer dans le présent. C'est pour cela que le prélat avait commencé la traque de gens comme Stanislas, entre autres.
En se levant, Stan se dit : c'est parti pour de nouvelles aventures...

*** voir l'orphelin qui traversait le temps du même auteur.**

Jeannot, le copain d'Alain leur avait dégoté deux cabanons. Un, lui appartenant qui avait fait le bonheur de Claude et de Sonia. Le deuxième, avenue des pébrons, lui avait été prêté par un marin embarqué sur un remorqueur de haute mer, absent pour quelques mois. Stan et Aby adoraient leur nouvelle demeure. Patrick, curieux de nature, vivait chez l'habitante, dans le but de voir les us et coutumes des autochtones. Alain, quant à lui, avait simplement emménagé dans une chambre mise à disposition par son pote Jeannot, avec qui il allait souvent à la pêche en pointu.
Alain et Sonia qui étaient fonctionnaires, avaient obtenu rapidement une réponse positive à leur demande d'année sabbatique. La sœur d'Aby, psy comme elle, avait repris le cabinet et l'appartement de Toulon, jusqu'à son retour. Stan et Patrick avaient payé un an d'allocation à leurs bailleurs respectifs, qui avaient accepté sans hésitation. Ils en avaient profité pour envoyer une lettre de démission à leurs patrons, celui de Pat avait hurlé de joie en lisant la missive de son employé, le savoir loin de son entourage était pour lui un soulagement. Patrick avait fait l'amour avec les deux jolies stagiaires, la secrétaire, sa propre fille ainsi qu'avec la comptable de l'entreprise. Après avoir inspecté de nouveau le document, il avait lâché quelques jurons en secouant la tête.
Claude avait tenu à remettre en mains propres sa démission à son jeune chef (qui était un vrai connard). En refermant la porte du bureau de celui-ci, il avait salué gentiment la collaboratrice de son ex-patron. Elle avait poussé un cri, en voyant son employeur et avait tenté de l'aider à sortir de l'armoire dans laquelle il était empêtré la tête la première. Sonia et Claude n'avaient pas eu de mal à sous-louer leur maison, quant à Alain il avait laissé la sienne à un copain. Ils allaient enfin pouvoir se lancer

dans l'aventure palpitante de Zanzibar. *
Lors d'un voyage dans une vie antérieure, Stan s'était retrouvé dans la peau d'un esclave. Il avait subi un embarquement forcé sur un vaisseau français. Après moult péripéties, il avait pris place sur un autre bateau, contre lequel il avait combattu, et qui le ramenait dans son île. Par le plus grand des hasards, il avait trouvé dans sa cabine, caché derrière une fausse cloison, un butin d'une valeur inestimable. Celui-ci était composé de pierres précieuses, d'or et de bijoux. Profitant d'un brouillard épais, il n'avait pas hésité à le mouiller, par une cinquantaine de mètres de fond, en toute discrétion, dans l'intention de pouvoir le récupérer de nos jours.
C'était pour cette raison entre autres que cette petite équipe était réunie. Alain et Claude étant des plongeurs confirmés, ils étaient chargés de mener à bien la mission sous l'eau. Patrick et Stan s'occuperaient de la logistique, quant à Aby et à Sonia elles s'étaient proposées pour l'intendance et la partie administrative. Les filles avaient pris les choses en mains, pour Sonia il fallait commencer par créer une association bidon, pour pouvoir rester un moment à Zanzibar, sans trop attirer l'attention. Après quelques discussions, ils avaient décidé que l'asso aurait pour but la photographie des fonds sous-marins. Stan avait versé quarante mille euros pour le bon fonctionnement de celle-ci, en faisant un don anonyme. Sonia fut promue présidente et Alain trésorier. Patrick qui commençait à connaître Marseille, proposa de s'occuper de faire des t-shirts, des blousons et des casquettes à l'effigie de l'association pour paraître plus crédible.

*** voir l'orphelin qui traversait le temps du même auteur.**

Chapitre premier

Le cardinal

Pendant ce temps-là, en Italie, l'évêque frappa à la porte du cardinal.
— Entrez !
— Bonjour, éminence, quelles sont les instructions ?
— Pour le moment, on le laisse faire, dans quelques mois, il relâchera sa vigilance et nous le ramènerons ici. Cette fois, il ne s'échappera pas, j'y veillerai personnellement.
—Et pour les gens qui sont avec lui ?
—Vous ne faites rien, nous ne sommes pas des gangsters, je le veux lui, les autres ne m'intéressent pas, vous les oubliez eux et leur famille.
L'évêque sortit doucement sans faire de bruit, le cardinal était songeur, il savait que ce renaissant allait lui donner du fil à retordre. Il lui rappelait lui-même quand il avait découvert ses facultés (il venait de fêter ses vingt ans, le quatre mai mille six cent deux). Il habitait Paris, comme Stan, il avait mis du temps à accepter sa condition, mais une fois qu'il en avait compris tous les aspects, sa vie était devenue exaltante.
Au début, il pensait que la folie s'était emparée de lui, mais par le plus grand des hasards, sa route croisa celle d'un gentleman qui se disait docteur et qui avait certains dons. L'homme était un voyageur, il se promenait de ville en ville pour gagner de quoi vivre. Il était cartomancien, guérisseur, bon raconteur d'histoires et surtout cambrioleur. Il se déplaçait dans une roulotte tirée par un percheron à la robe grise et pommelée. À cette époque, le cardinal s'appelait Bartholomé, il ressemblait à un miséreux et traînait le plus souvent à la recherche de nourriture. Il travaillait dès qu'il le pouvait, la plupart du temps, les boulots pour lesquels il était employé, lui rapportaient un maigre salaire.
Guido, le cartomancien, avait perdu son partenaire dans une rixe qui avait mal tourné. Avec ses associés, Guido avait établi une répartition des gains qui lui semblait juste, il prenait soixante-dix pour cent des bénéfices, car

comme il expliquait souvent, il avait pas mal de frais.
Ce matin-là, Bartholomé flattait l'encolure du cheval de trait, quand Guido apparut au pied de la roulotte, le gamin avait le profil parfait pour faire un nouveau larbin.
—Bonjour mon garçon ! Il te plaît ?
—Oui, il est magnifique !
Une fois la conversation engagée, le jeune homme n'avait aucune chance, le bonimenteur l'invita et lui paya un repas digne de celui d'un prince, lui trouva des habits convenables qui d'ailleurs appartenaient à son ancien collaborateur.
Au bout de quatre mois, Bartholomé avait appris toutes les ficelles du métier et il commençait à aimer l'argent. Bizarrement, Guido s'était pris d'amitié pour son apprenti cambrioleur et le considérait comme son fils, il avait même consenti à faire un partage à soixante/quarante. Un soir, Barthe (c'était son nouveau surnom) avait eu des visions comme souvent, Guido lui avait demandé de lui expliquer ce qu'il avait vu. C'était difficile pour lui, car il n'en avait jamais parlé à personne, il avait peur de passer pour un fou.
Le guérisseur lui proposa une petite expérience et le plongea dans un état d'hypnose. Bartholomé, étant un bon sujet, sombra rapidement dans une sorte de sommeil artificiel, et, à ce moment-là, sa vie bascula à tout jamais ! Au début, il ne saisissait pas trop, il était dans un corps qui n'était pas le sien, mais il pouvait contrôler l'esprit de celui-ci et apparemment son hôte, lui, ne savait pas qu'il avait un visiteur.
Il n'osait pas bouger et se laissa guider par son double. Il était effrayé, car tout semblait si réel, la langue n'était pas la même, mais il la comprenait parfaitement, il était dans un pays nouveau, mais il avait l'impression d'être né ici, même l'époque n'était pas la sienne.
La première journée, il fut heureux, le soleil lui

chauffait la peau, une sensation qu'il ne connaissait pas. Très vite, il sut qu'il était dans une région que les gens appelaient Andalousie et la ville dans laquelle il était, se nommait Séville.
Bartholomé était un garçon intelligent, il guida son hôte à la recherche d'indices et il faillit s'évanouir quand il pigea que le jour présent était le dix septembre mille cinq cent dix-neuf. Le choc fut violent, il commençait à être très nerveux, mais son double, lui, était calme, loin de se douter qu'un locataire venu d'une autre époque avait pris possession de son corps et de son esprit. Guido le fit sortir de son état hypnotique. Le jeune homme fut surpris et heureux d'être revenu de ce rêve si étrange, toute sa carcasse tremblait, sa respiration était vive, il regarda autour de lui, il était dans la roulotte.
Combien de temps ai-je pioncé ?
— Tu n'as pas dormi, tu étais dans une sorte de transe.
— J'ai eu tellement peur de rester coincé dans cette époque...
Il raconta dans les moindres détails son voyage dans le temps. Son nouvel ami était perplexe, car la séance avait duré cinq minutes, mais pour Bartholomé, cette période s'était écoulée très doucement. Il avait vécu avec son double plusieurs heures.
— Nous pourrons renouveler l'expérience si tu veux.
— Pas tout de suite, laisse-moi réfléchir à tout ça !
— Bien mon garçon, nous en reparlerons.
Barthe partit se promener dans les rues malodorantes de Paris, l'incursion dans le passé l'avait secoué.
Il avait vraiment l'impression que c'était un de ses avatars, qui vivait en mille cinq cent dix-neuf et quelques bribes de souvenirs lui revinrent en mémoire.
La nuit était tombée quand il réapparut en face de son mentor, il lui expliqua qu'il avait la sensation qu'il avait vécu au XVI siècle, beaucoup de choses lui paraissaient familières. Guido le calma, car il avait l'air excité par le

fait d'avoir eu une autre vie.
Deux jours plus tard, c'est Barthe qui demanda à son ami de le remettre sous hypnose.
Allongé sur la banquette de la roulotte, il partit très vite, la voix de son protecteur lui sembla lointaine.
Par magie, il réintégra le corps du jeune Andalou de Séville. La date avait changé, c'était le vingt-trois septembre mille cinq cent dix-neuf. Bartholomé se détendit en se disant que son ami le ramènerait s'il avait un problème.
Il comprit tout de suite que quelque chose ne tournait pas rond.
Barthe avait accès à tout l'historique de son hôte, qu'il pouvait sonder jusqu'à l'enfance s'il le désirait. L'Andalou n'avait aucune sensation concernant l'intrus qui avait pris possession de son esprit et de son corps.
La mémoire additionnelle était un atout majeur pour celui qui la maîtrisait, et, apparemment Bartholomé avait des aptitudes dans ce domaine. Il remonta dans les souvenirs du cerveau dans lequel il s'était invité.
Il cligna des yeux, il était dans la pénombre d'un chariot bâché qui roulait à vive allure, il n'était pas seul, les jeunes gens qui l'entouraient, n'en menaient pas large, deux gardes armés discutaient à l'arrière de la carriole.
Il fouilla dans la mémoire de son avatar pour savoir comment il en était arrivé là.
Avant midi, le dix-sept septembre, alors que son hôte traînait sur les berges, un gentilhomme à l'allure élégante, avait entamé une conversation avec lui. Sa première pensée fut de lui soutirer quelques réaux. De fil en aiguille, le bourgeois l'invita à manger. Ils écumèrent toutes les auberges le long du fleuve et remontèrent dans la ville pour s'encanailler dans les bordels alentours. Andrés qui n'avait pas l'habitude de boire, était saoul et joyeux.
Les heures passèrent et vers deux heures du matin, le bon

samaritain lui parla d'aventures avec un grand A, ils étaient attablés dans un bouzin où les filles dénudées aguichaient les clients en caressant leurs épaules en passant. Andrés (c'était son prénom) était dans un état pitoyable, il fermait un œil pour ne pas voir double et essayait d'avoir une certaine prestance. C'était précisément le moment qu'attendait le bonimenteur.
Il lui demanda :
— Tu as déjà entendu quelqu'un évoquer le nom d'un Portugais appelé Magellan ?
— Non, je ne connais pas de Portugais !
Il lui expliqua que l'homme en question allait partir en expédition, vers des contrées lointaines et que la fortune serait au rendez-vous.
L'Andalou plongea tête baissée dans le piège et gueula à qui voulait bien l'entendre que s'il pouvait, il partirait sur-le-champ, car ici il n'avait rien à perdre. Les filles l'encourageaient et Andrés se sentit une âme d'aventurier. Vers cinq heures du matin, son compagnon de beuverie lui annonça que c'était son jour de chance, il était en affaires avec le gars à la table voisine, qui justement pouvait faire quelque chose pour lui. Dix minutes leur suffirent pour faire connaissance, le vin coula à flots et vers six heures, le jeune homme s'écroula à l'endroit où il venait de signer un contrat avec la couronne espagnole. (Comme beaucoup de marins de l'époque, il fut shangaïé.) Il ne se rendit même pas compte quand deux molosses le déposèrent dans une grande charrette tirée par six chevaux.
L'élégant passa récupérer son dû, car c'était le soixantième matelot qu'il fournissait pour compléter les équipages des différents bateaux. Une petite potion soporifique de sa composition avait fini d'achever le pauvre Andrés qui pour le moment se tenait la tête à deux mains. La route fut longue et cahoteuse et au crépuscule du vingt septembre, ils arrivèrent à Sanlúcar

de Barrameda, l'effervescence était inhabituelle. Les nouveaux arrivés n'eurent pas le temps de réfléchir, ils furent poussés au pas de course vers des hangars où ils reçurent un paquetage et un hamac par binôme. Une heure plus tard, l'Andalou et son camarade de travail montèrent à bord de la Trinidad commandée par Magellan. Ils étaient les deux derniers manquants de l'équipage constitué de soixante-deux personnes, autorité comprise.
La flotte de cinq navires, sur lesquels étaient répartis deux cent trente-sept marins, largua les amarres le vingt septembre mille cinq cent dix-neuf.
La première semaine, Andrés avait le moral à zéro, alors Bartholomé décida de contrôler le corps et l'esprit de son double, car lui ne ressentait pas la fatigue ou le mal de mer.
Il s'intéressa tout de suite aux occupations du bord, le royaume de Neptune le fascinait. Très vite, le bosco le remarqua et le prit sous son aile. Il lui apprit le matelotage et lui expliqua toutes les manœuvres de voiles, ainsi que tous les termes techniques du navire.
En fait, tout devint clair pour Barthe, il se souvenait parfaitement de cette période de sa vie antérieure. Il avait déjà vécu cette aventure du temps où il était Andrés, tout était limpide, il avait eu cette vie-là avant et peut être d'autres. Il comprit qu'à chaque fois qu'il mourait il renaissait, apparemment dans des endroits et des pays différents, il avait le don de la mémoire additionnelle et se rappelait des détails de chaque existence qu'il comptait bien explorer.
Il se concentra sur celle de son hôte. Il ferma les yeux et fit un petit flash-back, un frisson lui parcourut l'échine. Il sentit le froid de la lame qui venait de lui trancher la gorge. Il tint celle-ci à deux mains, pour contenir le flot de liquide chaud qui sortait par saccades de la plaie large et profonde. L'impact avait été violent et sans aucune

échappatoire. Andrés tomba sur ses deux genoux et son cœur cessa de battre, les ténèbres s'abattirent sur le jeune Andalou. Bartholomé revint à lui dans la roulotte, il respirait rapidement et mit une ou deux minutes pour se calmer. Guido eut un choc, car il devina tout de suite que ce n'était plus la même personne qu'il avait en face de lui. À ce moment-là, une métamorphose s'opéra. Tout d'abord, c'est son regard qui lui fit peur, ensuite il sentit comme une dominance naturelle et il comprit qu'il venait de perdre son larbin. La voix du jeunot était plus rauque, plus sûre, il fixa l'ancien dans les yeux et lui dit :

— Andrés est mort au mois de mai mille cinq cent vingt dans la baie de saint Julian !

— Mais, que racontes-tu mon garçon ?

— Malheureusement, Guido, tu as en face de toi un homme nouveau et plus rien ne sera comme avant !

Il expliqua pendant de longues minutes tout ce qu'il avait appris pendant son voyage dans le passé. Il fit une proposition à son compagnon.

— Tu as toujours été bon, si tu veux continuer avec moi, tu vas devenir riche, fini les petites combines et les cambriolages minables. Tout est si limpide dans mon cerveau, j'ai une idée précise de ce que nous allons faire.

Guido était sans voix. Il venait de comprendre qu'il n'était plus le chef, mais qu'il avait intérêt à rester au côté de son ex-apprenti , son intuition lui dit qu'ils allaient accomplir de grandes choses, et que la fortune serait au rendez-vous.

L'évolution fut très rapide, au bout de deux jours, en se concentrant, Barthe pouvait choisir le moment qu'il souhaitait pour explorer ses vies antérieures.

Mais pour l'instant, il enrageait sur le fait que son hôte soit mort comme un chien ! Il allait retourner dans le passé et rectifier cet outrage. Il demanda à Guido de surveiller la roulotte et de ne laisser personne s'en approcher. Un phénomène étrange se produisait pendant

ses voyages dans le temps, il pouvait vivre une longue période, voir une année complète de son double, en une heure seulement.
Il décida de revenir quelques mois avant sa mort...
Quand il reprit possession du corps de son hôte, celui-ci était endormi dans son hamac. Il savait exactement où il était, les cinq navires avaient pris le mouillage dans la baie de Santa Lucia (qui aujourd'hui s'appelle Rio de Janeiro).
Quand il monta sur le pont pour travailler, le bosco lui demanda d'installer une échelle de pilote, car les commandants devaient se réunir dans la cabine de Magellan.
Les quatre chaloupes arrivèrent en même temps. Les capitaines se présentèrent à l'échelle, les uns après les autres, Juan de Cartagena du San Antonio, Gaspar de Quesada du Concepción, Juan Serrano du Santiago et Luis de Mendoza de la Victoria.
En montant à bord, le bosco sentit qu'il y avait une certaine tension, il ordonna à ses marins de reprendre le travail. Quand il croisa le regard de l'homme qui accompagnait le commandant du San Antonio, le sang de Barthe ne fit qu'un tour.
Il le reconnut tout de suite, c'était le type qui lui avait tranché la gorge. Son couteau était dans son fourreau, le manche de celui-ci en os de baleine dépassait de quelques centimètres sur sa hanche gauche. L'Andalou se souvenait exactement du geste que le gaillard avait effectué, avant qu'il ne se retrouve à terre sans vie.
Il avait attrapé son « cachetero » et d'un mouvement limpide, en balançant son bras avec une rapidité surprenante, il avait touché sa cible à l'endroit précis qu'il avait choisi. Bartholomé fit un pas, mais se ravisa, en se disant que son heure viendrait. Quelques temps plus tard, le maître d'équipage convoqua le jeune Espagnol pour qu'il serve des boissons fraîches à l'état-major.

Quand il rentra dans la cabine de Magellan, les cinq officiers étaient en grande conversation, sans se soucier du marin qui avait fait son entrée dans la pièce, dont un large sabord ouvert laissait passer la lumière de cette journée ensoleillée. Les hommes commençaient à vociférer, Barthe posa le plateau et observa l'endroit. C'était là qu'Andrés avait perdu la vie en tentant de prévenir Magellan d'un danger imminent. La scène allait se rejouer, mais cette fois, c'est lui qui aurait un coup d'avance. Il fit un tour d'horizon, l'odeur de la cire lui revint en mémoire, la bibliothèque avec tous ses ouvrages, les instruments de navigations et la carte étalée sur le bureau en bois rouge. La hauteur sous barrot lui permettait de tenir debout malgré sa grande taille. Magellan le regarda d'un air sévère, il comprit tout de suite que c'était l'heure de se retirer. Au moment où il sortait, Juan de Cartagena se plaignait de n'avoir pas été prévenu assez rapidement d'un changement de cap.

Une fois sur le pont, il commença à élaborer un plan.

Il avait cinq mois devant lui, car il était revenu dans le corps et l'esprit de son hôte en décembre mille cinq cent dix-neuf et sa mort était programmée pour mai. Il s'interrogea sur le fait d'en parler au capitaine du navire...

Il alla voir son chef et lui demanda s'il pouvait avoir un couteau, digne de ce nom, celui du paquetage n'était pas de taille à faire face à son agresseur. Le maître d'équipage plongea la main dans sa malle en bois de camphrier, et ressortit un fourreau dans lequel une lame longue et épaisse était ornée d'un manche confectionné en olivier.

Le jeune matelot était ému et fier de porter ce bel objet ayant appartenu à son bosco. Le cuisinier lui montra comment l'aiguiser, plus qu'un outil de travail, pour lui c'était une arme.

Il s'entraîna avec son couteau et très vite, il excella dans ce domaine. Sa dextérité impressionna ses collègues.
Les bateaux se remirent en route. Le convoi faisait cap au sud, mais le froid et l'humidité occupaient toutes les pensées. Tout parut plus dur, la mer commençait à se former, les corps étaient malmenés. Les nuits étaient plus courtes, dormir plusieurs heures d'affilée devint un luxe. En janvier, ils atteignirent le Rio de la Plata. Magellan apparut morose, car il espérait trouver un passage à cette latitude. Très vite, il s'avérera que la voie ne se ferait pas à cet endroit-là. C'est à ce moment-là que les esprits ne tardèrent pas à s'échauffer. Une partie des équipages voulait faire demi-tour. Bartholomé avait toujours son couteau sur sa hanche droite, il avait pris de l'assurance et était dorénavant un des leaders. Le commandant en chef, dut trouver les bons arguments pour convaincre la flotte d'avancer, et leur promit d'attendre la fin de l'hiver austral, à l'abri d'une baie bien protégée, au nom de San Julian.
Magellan suivait la progression du Victoria sur la carte, les caps, les golfes, les péninsules se succédaient et un matin sous la pluie battante, ils atteignirent leur but tant convoité.
Février et mars filèrent très rapidement, les équipages s'affairaient à la remise en état des cinq navires. Sous les ordres du second capitaine, tout fut passé au crible, le boulot était harassant, mais les hommes mettaient du cœur à l'ouvrage. Tous les corps de métiers montrèrent leur savoir-faire, charpentiers, maîtres-voiliers, maîtres-cordiers. Le travail occupait les esprits. Un jour de la dernière semaine d'avril, le second appela Bartholomé et lui demanda d'aller délivrer un message au commandant.
Il frappa à la porte.
- Entrez !
- Bonjour, Commandant, le second m'envoie vous dire

que le capitaine de la Victoria viendra vous voir ce soir.
— Bien, vous pouvez disposer.
— Puis-je vous parler d'un sujet qui me préoccupe ?
— Fermez la porte, je vous écoute.
— Voilà, j'ai des dons de voyance (parler de réincarnation aurait été trop compliqué) il va y avoir une mutinerie, au mois de mai.
— Magellan resta perplexe, il savait que c'était une éventualité, vu la tension palpable à bord des bateaux. Il regarda Barthe de la tête aux pieds.
— Pourquoi en mai ?
— Parce que c'était le jour de l'anniversaire de mon binôme. Je pense aussi que c'était un dimanche, car nous avons mangé du lard cuit et du bœuf salé.
— Dites-m 'en plus.
— Dans ma vision, des hommes montent à bord et veulent s'en prendre à vous. Je cours pour vous prévenir et quand j'arrive dans votre cabine, il est trop tard, je m'interpose entre vous et celui qui accompagnait le commandant du San Antonio, lors de votre dernière réunion. Malheureusement, il me tranche la gorge et je meurs à vos pieds, ensuite plus rien. Le commandant le regarda perplexe.
— Bien, allez-y et ne parlez à personne de cette histoire, je vais y réfléchir. Fermez la porte en sortant.
Magellan pris les dires de son matelot très au sérieux, quatre jours après, il convoqua le bosco, deux marins de confiance et Bartholomé, il leur expliqua la situation et leur donna la tâche de veiller sur lui discrètement.
Le premier dimanche de mai, l'Andalou était nerveux, car c'était l'anniversaire de son binôme. Vers quatorze heures, il vit une chaloupe arriver sur tribord, Barthe reconnu la brute au couteau, à la tête d'une dizaine de gaillards prêts à en découdre. Les quatre gardes du corps de Magellan le rejoignirent pour le protéger. Quand l'homme au cachetero entra dans la

cabine du commandant, il se retrouva face à Barthe, il fit un geste limpide et rapide pour couper la gorge du jeune espagnol. Celui-ci s'était imaginé la scène une bonne centaine de fois, sans réfléchir, il fit un pas en arrière et à une vitesse vertigineuse, il sortit sa lame et la planta dans le cœur du colosse. Les mutins furent arrêtés, Magellan reprit la main, d'une poigne de fer et étouffa la rébellion.
Le lendemain, une quarantaine de personnes furent condamnées et la plupart mis aux fers. Cartagena, capitaine du San Antonio et un prêtre du nom de Pedro Sanchez de la Reyna furent abandonnés sur la terre ferme. Les deux hommes étaient les instigateurs de la mutinerie, mais ne pouvant se permettre de se passer de matelots, quelques jours plus tard, le commandant en chef leva les sanctions sous certaines conditions.
Bartholomé devint proche de Magellan et celui-ci aimait se confier à lui. Le voyage continua durant lequel il y eut de nombreuses péripéties, notamment l'échouage du Santiago, la rébellion à bord du San Antonio qui, à la surprise générale, fit demi-tour et qu'ils ne revirent plus.
Le cardinal qui pour la première fois se plongeait dans ce temps révolu, eut le sourire. Assis derrière son bureau rue Borgo Vittorio, il se rappela un détail qui avait une certaine importance... 60 kilos d'or pur. Il demanda à l'évêque qui lui servait d'intendant de venir. Quand celui-ci prit place en face de lui, il lui fit un cadeau inestimable. Il lui raconta son expédition avec Magellan. Il lui résuma la première période du voyage et prit plus de temps pour lui relater la deuxième partie, qui à ses yeux était plus intéressante quand il était devenu ami avec le grand navigateur.

—La traversée du Pacifique fut une effroyable aventure, les deux premiers jours furent euphorisants, le soleil était au rendez-vous, même si l'air était encore frais. L'éloignement du continent et la promesse d'eau profonde réjouissaient tous les marins. Il nous fallut trente-huit jours pour trouver la porte qui s'ouvrait sur le Pacifique. Le passage du détroit fut une suite de péripéties rocambolesques. La tension à bord était extrême, les hommes ne dormaient que très peu et tout le monde était réquisitionné pour surveiller la mer et ses dangers. Les matelots chargés de sonder les fonds, travaillaient du matin jusqu'à la tombée de la nuit, quand les bateaux jetaient l'ancre. Il ne restait plus que trois navires, sur les cinq du départ de cette expédition la Trinidad, la Concepción et la Victoria s'engagèrent dans le dédale de fiords et de baies qui s'étendait sur mille kilomètres environ. Les chaloupes étaient mises à l'eau en permanence et les rameurs inspectaient les voies navigables pour voir si leurs vaisseaux pouvaient s'avancer, et faire demi-tour en cas de soucis. L'homme d'Église fit une pause et reprit son récit.

—La nuit, les hommes remarquèrent des feux, preuve que la terre était habitée, je me souviens très bien quand Magellan nous avait annoncé qu'il nommerait cette terre « Terre de Feu ». La Trinidad talonna par deux fois, il fallut toute l'ingéniosité des marins pour sortir le navire de ces mauvais pas. Le vingt-huit novembre mille cinq cent vingt, ce fut le jour de notre délivrance, la Trinidad s'engagea sur une vaste étendue d'eau, qui ne nous laissa aucun doute, nous étions dans l'océan Pacifique. Les trois voiliers rassemblés naviguèrent le long des côtes du Chili et quand Magellan estima que le temps était venu, nous nous dirigeâmes vers le nord-ouest. Alors que tout le monde avait repris courage, l'agonie commença. Tout d'abord le vent, bien souvent, il était inexistant ou contraire. Les courants qui étaient porteurs au début de la traversée, étaient régulièrement opposés. Le moral des équipages était au plus bas, nous avons passé d'innombrables journées encalminées, les voiles pendantes, sans aucun souffle même minime. La cambuse se vida progressivement malgré le rationnement. Les maladies s'invitèrent au voyage, le scorbut et la dysenterie entre autres, les matelots les plus faibles furent mis au repos, mais très vite, la mort fit son apparition. Les corps furent jetés par-dessus bord, après une courte cérémonie. Au bout de quelques semaines, nous nous nourrissions de biscuits infestés de vers, la chasse au rat fut déclarée et ils devinrent une denrée très prisée. La traversée dura une centaine de jours avant de voir les premières terres de l'archipel des Mariannes, où nous avons trouvé un peu de vivres et d'eau fraîche. Le commandant a tenu bon et a poussé son équipage à reprendre la mer vers l'ouest, nous sommes arrivés aux Philippines, le dix-sept mars mille cinq cent vingt et un. L'homme d'Église se tut. Après avoir bu un verre d'eau, il regarda l'évêque dans les yeux.

—J'ai réussi à convaincre Magellan qu'il serait judicieux de cacher de l'or, en cas de difficulté. Nous avons trouvé l'endroit idéal sur une île déserte du nom de Panganan, pas très loin de notre camp de base Cébu. Il nous a fallu trois voyages pour sortir le magot en toute discrétion. Prétextant une reconnaissance des lieux, nous quittions le bord avec notre besace sur le dos. Personne n'osait nous demander ce que nous transportions, nous avions chacun dix kilos de métal jaune, doré et brillant, d'une grande pureté. À la pointe sud, nous avons enterré le butin par deux mètres de profondeur, nous étions les seuls à connaître notre petit secret. Peu de temps après, Magellan qui avait ordre de convertir au christianisme les populations rencontrées, monta une expédition punitive, contre des indigènes qui ne voulaient pas se soumettre. À la tête d'une centaine d'hommes, nous nous rendîmes sur l'île de Mactan. Les guerriers en avaient décidé autrement, nous fîmes face à une rage extrême et ils nous repoussèrent avec des flèches et des lances empoisonnées. Mon camarade et moi combattions côte à côte, deux carreaux me touchèrent, une dans la jambe et une dans la poitrine. Magellan en reçu une dans le ventre et une dans l'épaule. Nous sommes morts pratiquement en même temps...

—Éminence, pouvez-vous me dire ce qu'est devenu Bartholomé ?

—Quand Andrés a perdu la vie, sur la plage de Mactan, Bartholomé s'est réveillé dans la roulotte, plus fort encore. Il a profité de cette expérience, et avec son ami Guido, ils ont prospéré et se sont enrichis.

—Et le reste de la flotte ?

— J'ai lu dans un écrit consacré à Magellan qu'après son décès, le nombre de marins étant insuffisant pour armer les trois navires, le nouveau responsable de l'expédition décida de brûler la Concepción. La Trinidad s'étant fait arraisonner par les Portugais, seule la Victoria passa le cap de Bonne Espérance et put rejoindre l'Espagne, en réalisant le premier tour du monde à la voile !

Le cardinal se leva et s'approcha de sa bibliothèque personnelle. Il en sortit un ouvrage très ancien, à la reliure de cuir, et le posa devant l'évêque. Celui-ci était ému d'un tel geste de confiance, car normalement aucun livre de cette valeur ne quittait le bureau.

— Ne cherchez pas, il n'y a aucune allusion sur un éventuel matelot, ami du célèbre navigateur.

— Merci, Éminence, j'en prendrai le plus grand soin, quels sont vos ordres ?

—Vous allez monter une expédition, et tenter de retrouver mon or ! Vous avez carte blanche.

— Bien, je m'y attelle tout de suite.

Chapitre deux

Zanzibar

Stan et Patrick avaient débuté leur voyage vers Zanzibar. Abygael les avait déposés à Marignane à 4 h 30. Leur départ pour Paris était prévu à 6 h 10 et le périple devait durer trente et une heure avec une escale à Doha au Qatar. Quand ils débarquèrent de l'avion, la chaleur fut saisissante. En rejoignant le bus qui devait les conduire à la porte où ils effectueraient leur transit, la sueur les enveloppa. Ne pouvant pas sortir de l'enceinte, ils furent accompagnés dans un endroit qui ressemblait à un petit centre commercial où ils patienteraient avant de s'envoler vers leur destination finale. Il y avait des sièges confortables dans tout le hall, les magasins de luxe, les bars et les restaurants étaient ouverts et il y avait une certaine effervescence. Patrick et Stan s'assirent non loin d'un groupe, qui était assez bruyant. Ils étaient tous habillés de la même façon, pantalon et t-shirt floqué à l'effigie d'un consortium, leader dans l'industrie du pétrole. Stanislas donna un coup de coude à son ami au moment où passait leur chef. Un homme de deux mètres dix, large d'épaules, ses bras et ses cuisses étaient impressionnants, une force de la nature au crâne rasé et aux pommettes saillantes.

—Putain, c'est Arnold Schwarzenegger ou quoi ?

Leurs regards se croisèrent, l'Anglais était méprisant et sûr de lui. Quand il arriva, toute sa troupe se mit à l'applaudir et à l'ovationner. Tous les gens se tournèrent en direction du brouhaha. Stan remarqua un gars, faisant partie de la bande, mais qui était à l'écart, il engagea la conversation.

—Vous ne faites pas la fête ?

—Non, pas du tout...

—Qu'est-ce que vous allez faire à Zanzibar ?

—C'est une longue histoire !

—Je serais curieux de l'entendre, de plus j'ai 3 heures à perdre.

—Vous voyez le grand balaise, là-bas ?

—Oui, hercule !

—C'est le boss et c'est un gros con ! Il est l'héritier d'une famille anglaise et son aïeul était officier sur un navire de guerre qui s'appelait « Wind of Freedom ».

Un frisson parcourut le corps de Stanislas qui avait rencontré cet homme, dans un de ses voyages dans le passé. * Patrick arriva et les présentations se firent, le garçon s'appelait Oscar, il leur raconta la fabuleuse histoire d'un trésor immergé dans la baie de Murogo.

— En mille six cent quatre-vingt-dix, l'ancêtre de mon patron était second capitaine sur un navire chargé d'intercepter les bateaux français dans l'océan Indien. Un jour, il croisa la route d'un brick qui battait pavillon français et décida de l'arraisonner. Les deux unités étaient de taille similaire, et quand l'abordage se fit, les Anglais n'en crurent pas leurs yeux en voyant sortir de la cale trois cents blacks armés jusqu'aux dents. La défaite fut rapide et le capitaine du Wind mourut dans la bataille. Les hommes et les femmes de couleur étaient en fait des esclaves, qui avaient pris le contrôle du bateau français et avaient négocié avec l'officier en charge, leur retour à Zanzibar, s'ils étaient victorieux.

* voir l'orphelin qui traversait le temps du même auteur.

Kervella, le pacha, tint parole et leur laissa le canot british. Il but une gorgée de coca, Stan était impatient de connaître la suite.

— Dans celui-ci, derrière une des cloisons de la cabine du commandant, se trouvait un trésor inestimable aujourd'hui. Quelques mois plus tard, le dénommé Powell, qui avait été fait prisonnier, fut échangé contre des matelots français. Quand il rentra en Angleterre, il apprit que le « Wind of Freedom » avait été coulé près de Murogo. Personne à part lui et son supérieur mort ne savait que le bateau était chargé d'un butin qui pourrait changer la vie de sa lignée. Le secret se transmit de génération en génération. Pendant une longue période, le magot fut inaccessible. Le navire était par quinze mètres de fond et dans un piteux état. Les Powell firent plusieurs tentatives avec des scaphandres, mais l'épave était déjà couverte de sable. Ensuite, il y eut la guerre de 14 et celle de 39, ce fut l'hécatombe dans la fratrie et le pactole fut oublié pour un temps. Il y a trois ans environ, mon boss qui retapait la maison familiale, a retrouvé par le plus grand des hasards, un carton dans lequel il y avait les indications pour récupérer le trésor. Depuis, c'est devenu une obsession, il a fait appel à ses connaissances et a monté une opération d'envergure. Il paraît que le Premier ministre britannique s'est mouillé pour qu'il puisse chercher dans l'archipel de Zanzibar. Pour ma part, je suis chargé du matériel, combinaisons, suceuses, groupes, bref, j'ai préparé quatre conteneurs qui sont déjà arrivés sur l'île.

Stan regarda Patrick, ils allaient plonger par cinquante mètres de fond et ils n'avaient même pas de bateau !

— Et vous, vous faites quoi ici ?

— Photographie sous-marine !

Patrick demanda :

— C'est qui la petite Asiatique, avec le beau sourire ?

—Elle s'appelle Esther, c'est une Javanaise de Jakarta, diplômée d'un doctorat d'archéologue subaquatique. Elle va gérer toutes les opérations de recherches sur l'épave, et prendre en charge les objets remontés à la surface. C'est elle aussi qui va les répertorier et leur redonner leur aspect d'origine. Au même moment, une voix indiqua aux passagers en destination de Zanzibar que l'embarquement était imminent, les gens se levèrent et dans le calme, ils se rendirent à la porte annoncée. Une fois dans l'avion, Stan sombra dans un sommeil profond qui le fit basculer dans une vie antérieure dont il n'avait pas conscience...

Comme d'habitude, il pris possession d'un esprit et d'un corps dont il n'avait aucune connaissance. Il eut du mal à se connecter avec son hôte, qui était doté d'un mental fort et entraîné. Son réceptionnaire dormait dans une forêt sous un arbre. Stan réussit néanmoins à atteindre la souvenance de celui-ci. La mémoire additionnelle fonctionna. Il ouvrit les yeux, mais il n'arriva pas à prendre les commandes de ce corps. Il était spectateur et n'avait aucun pouvoir sur les actions ou les décisions de celui-ci. Stan se rappela cette vie-là, c'était sûrement la plus ancienne de toutes. Les moines bouddhistes, après l'avoir trouvé bébé à la porte de leur temple, l'avaient prénommé Wangdak. Les bonzes allaient s'assurer de son bien-être, en contrepartie, il leur ferait don de son existence. À partir de cinq ans, il avait commencé à travailler, deux ans plus tard, le patriarche avait décidé que le temps était venu. L'enfant fit ses vœux devant la communauté et intégra une classe de quinze jeunes recrues. Leurs instructeurs avaient pour tâche de leur apprendre la spiritualité, la méditation, l'alimentation, la médication, la pratique du kung-fu.

Le programme était intense et leurs maîtres sans état d'âme. Une cloche leur indiquait le réveil à 4 h 30 et c'est le prof d'arts martiaux qui les prenait en main. Souplesse, vitesse, endurance, les cinq premières années étaient consacrées à forger leur morphologie, ensuite viendrait l'enseignement des armes, une vingtaine au total. Les autres matières étaient dispensées l'après-midi et le soir. Après quelques années, les corps devinrent puissants, flexibles et inoxydables. Les quinze hommes étaient maintenant des combattants hors du commun, à l'esprit clair et à la concentration ultime ! Au moment où Stanislas rejoint son double, celui-ci avait vingt-sept ans. Il revenait d'une mission que lui avait confiée son chef spirituel « demander de l'aide à l'un de ses amis ». Une horde de brigands menait l'assaut sur le temple régulièrement car ils savaient que l'empereur avait fait don d'or et d'argent au grand maître. Quelques années plus tôt, le souverain s'était fait attaquer par un tigre, non loin du lieu de prière. Sans réfléchir deux novices avaient protégé celui-ci au péril de leurs vies dans un combat à mort contre le fauve. Le noble avait été obligé de rester une semaine auprès des bouddhistes pour se soigner et depuis leur amitié était sans faille. La plupart d'entre eux étaient vieux, seule la classe d'apprentis où Wangdak avait évolué, pouvait assurer la défense du monastère. Celui-ci comptait une quarantaine de disciples. Les plus jeunes manquaient d'expérience. Quand il arriva en haut de la colline, il pouvait voir l'endroit où il avait grandi, il éprouva du plaisir. Il connaissait par cœur le chemin qui le ramenait chez lui, Stan le sentit détendu. Il passa devant les deux lions sculptés dans la pierre, près des escaliers qui menaient au temple. La joie laissa place à l'anxiété, car quelque chose d'anormal mit ses sens en alerte. Il avança sur la pointe des pieds, prêt à bondir. Quand il entra dans la salle commune où les moines dînaient ,

il fut submergé par l'émotion en voyant une trentaine de ses frères sans vie. Il courut et attrapa le grand maître dans ses bras, celui-ci était froid. La mort devait avoir eu lieu la veille. Les bougies étaient presque toutes consumées, son cœur battait plus vite que d'habitude, Stan était spectateur il ne pouvait rien faire, il se laissa aller. Il fit le tour du monastère pour trouver des survivants. Malheureusement, les frères manquants étaient dans une salle de méditation avec les mêmes symptômes, de la salive écumeuse sur la commissure des lèvres et les yeux injectés de sang. L'empoisonnement lui parut évident. Stanislas avait déjà vécu cette scène, mais contrairement à d'autres retours dans le passé, il n'arrivait pas à prendre le pas sur son hôte. Les choses se déroulaient exactement comme la première fois et il ne pouvait pas changer le cours des événements. Les années d'introspection avaient permis à Wangdak la maîtrise totale de son esprit. Stan savait que deux brigands fouillaient la salle de prière. La porte était entrouverte, le jeune homme les vit vandaliser les lieux à la recherche du butin. Il souffla, son pouls diminua instantanément, il était calme et déterminé il s'approcha à pas de velours. Les deux malfrats lui tournaient le dos, il assomma le premier avec un tabouret qu'il avait pris au passage, la surprise du deuxième fut de courte durée, le moine lui asséna une série de coups de poing qui l'envoya au tapis. Quand ils se réveillèrent, ils étaient suspendus, Wangdak les avaient traînés sans ménagement, dans la salle de sport et les avaient attachés par les poignets, bras et jambes écartées. Les coups qu'ils avaient subis étaient douloureux et la posture dans laquelle ils se trouvaient, était insupportable. Le moine prépara la crémation, il entassa les corps, en déposant les anciens d'un côté et les plus jeunes de l'autre. Il se mit en tailleur à l'écart du brasier et médita. Stan sentit que son hôte était zen.

Il resta ainsi pendant longtemps, ensuite, il se leva et fit quelques exercices pour détendre ses muscles. Dans sa tête, il avait imaginé la marche à suivre, pour sortir le trésor du temple. Seuls les moines avaient accès à cet endroit secret, caché derrière un mur épais qui coulissait, à condition de connaître le mécanisme. Après avoir déplacé les deux statues, une vers la gauche et l'autre vers la droite, les religieux poussaient la cloison pour arriver dans une pièce où ils entreposaient leurs richesses. Wangdak rassembla tout ce qui lui paraissait avoir de la valeur, il sortit dans la cour extérieure pour prendre une charrette à bras. Il y déposa trois jarres en terre cuite vides. Quand il revint, il y rangea méticuleusement l'or, l'argent et deux tablettes de bronze sur lesquelles étaient gravées les règles du monastère, vieilles de deux cents ans. Il se procura de la corde de chanvre, une pioche, une pelle et dans la grande salle, il attrapa une lampe à huile. Il s'enfonça dans la forêt avec difficultés pour atteindre son but. Deux fois, il dut vider son engin de transport pour passer les obstacles que la nature lui mettait sur sa route. Il arriva enfin devant la grotte sacrée dont l'entrée était dissimulée par une cascade. En contrebas de celle-ci, une retenue d'eau faisait le bonheur des moines, quand ils venaient s'y baigner. Wangdak entra dans la caverne et alluma sa lampe. Il marcha jusqu'à une galerie qu'il avait déjà visitée. Pour y accéder, il dut ramper dans un boyau étroit, afin d'atterrir dans une petite salle où il pouvait tenir debout. Après avoir pris soin d'envelopper les jarres avec des draps récupérés au temple, il creusa un trou et enterra le butin. Une fois qu'il eut fini, il masqua l'entrée du tunnel avec des pierres de telle façon que celle-ci devint invisible. Il se lava dans la rivière et fit le chemin inverse en dissimulant toute trace de son passage. Il regagna sa chambre, ça faisait vingt-quatre heures qu'il avait trouvé les corps sans vie. Dans sa cellule, il se changea, abandonnant ses habits de couleur ocre pour revêtir une tenue de combat grise. Vers 4 h, le moine se leva, et comme tous les matins, il fit ses exercices. Vers 6 h, il alla prier non loin des braises encore chaudes. Ensuite, il retourna dans une autre salle secrète et choisi les armes dont il aurait besoin. Il posa sa main sur le sabre du grand maître et installa le fourreau de celui-ci dans son dos, ensuite, il opta pour deux dagues qu'il ceintura sur ses hanches. Sur ses épaules, il croisa deux bandes de cuir qu'il attacha sur sa taille avec des lanières de peau plus fine. Il y fixa sur la partie droite six couteaux à lancer, sur la gauche six étoiles de fer dont les bords étaient tranchants. Quand il fut prêt, il entra dans la salle où ses deux prisonniers en suspension l'attendaient. Les hommes gémissaient, la souffrance était à son comble, les poignets et les chevilles des malheureux étaient en sang. Wangdak posa ses armes sur une table près des détenus, il sentit de la peur dans leurs regards.

— Comment avez-vous empoisonné mes frères ?

Après un long silence, le plus jeune prit la parole.

— Notre maître nous a donné l'ordre de verser un élixir mortel dans vos réserves d'eau potable !

— Quel genre ?

— Strychnine !

Wangdak connaissait ce poison, il savait qu'il était nécessaire de se procurer des noix de vomiquier pour sa fabrication, son professeur de médication était le plus strict de tous, mais c'était un brave homme avec qui il aimait s'entretenir.

— Pourquoi n'êtes-vous que deux ?

— Nous devançons le chef et sa horde, notre mission et de préparer son arrivée en affaiblissant le plus possible les cibles qu'il a choisies. Ils seront ici dans une semaine !

— Combien sont-ils ?

— Une centaine de guerriers.

Au même moment, le moine entendit du bruit, aussitôt, il se mit sur la défensive et sortit de la pièce. De là où il était, il surplombait la cour, il reconnut son ami Hushi, commandant de l'empereur, qui venait avec quarante militaires pour protéger les bonzes.

Hushi était grand et large d'épaules, son regard était franc. Ses hommes le craignaient, il exprima ses condoléances au jeune garçon qu'il connaissait depuis des années. Il ordonna à ses soldats de rentrer à l'intérieur du temple et de refermer la porte principale. Wangdak leur expliqua que l'eau était empoisonnée, et qu'une rivière coulait à quelques lieux d'ici. Ensuite, il conduisit Hushi près de ses prisonniers. Le militaire s'étonna de voir les deux brigands encore vivants. Il commença son interrogatoire. Il voulait tout savoir sur l'équipement de ses futurs adversaires. Les deux malheureux toujours suspendus ne se firent pas prier. Une heure plus tard, le moine coupa leurs liens, ils tombèrent par terre incapable de bouger , leurs muscles étaient en feu.

— Désires - tu que je les tue ?

— Leur mort ne me rendra pas les miens !

— Vous, les religieux, je ne vous comprendrai jamais !

Les deux meurtriers furent enfermés dans une geôle du monastère. Hushi déplia un plan de la région sur une des tables de la grande salle.

Ses officiers et sous-officiers étaient autour de lui !

— Messieurs, apparemment nous disposons d'une semaine pour nous préparer ! Tous d'abord, nous allons faire une grosse réserve d'eau, ensuite, nous fortifierons le temple. Il posa son doigt sur la carte, en indiquant la seule route bordée de chaque côté par une forêt que pouvaient prendre les brigands, pour arriver jusqu'à eux. Au plus large, les écuyers pouvaient chevaucher à cinq, côte à côte.

— Nous allons-nous en occuper !

Il fit creuser un fossé qu'il recouvrit de sorte qu'il ne soit pas visible. Les premiers chevaux s'y briseraient les pattes. Ils abattirent des arbres, et après les avoir garnis de pieux, ils les montèrent à l'aide de cordages afin qu'une fois libérés, ils emportent un maximum de cavaliers sur leur passage. Dans les conifères les plus hauts, ils fabriquèrent de petits postes de gué d'où les archers pourraient décocher leurs traits sans être inquiétés. Stan se remémora cet épisode, Hushi était un fin stratège, il avait combattu sur de nombreux fronts, son corps était couvert de cicatrices. Le charme de la nature qui l'entourait et la beauté du temple le laissaient sans voix. Il savait que les affrontements à venir seraient d'une violence extrême. Ce qui le tracassait, c'est qu'il n'arrivait toujours pas à prendre l'ascendant sur son double. Wangdak était chargé de la protection du lieu sacré qu'il connaissait sur le bout des doigts. Il conduisit les cinq soldats qui étaient avec lui, dans la salle secrète et leur montra la réserve d'armes des moines. Tout étaient rangé sur des étagères et dans des alcôves prévues à cet effet. Il y avait de quoi tenir un siège contre des assaillants. Les gars furent étonnés que l'armurerie des bonzes soit mieux achalandée que celle de leur caserne. Il y avait des carquois, une cinquantaine environ, ils contenaient chacun vingt-cinq flèches, une trentaine de pics aux bouts affûtés, des épées, des sabres, des couteaux, des casques et des plastrons en cuir, des arcs courts et d'autres longs.

Une fois trié, le matériel fut disséminé dans les endroits stratégiques. Le temple était entouré d'un mur d'enceinte de 4 m de haut, sur lequel on pouvait se promener. Le lieu de culte avait été bâti sur une colline boisée, d'où l'on voyait arriver les voyageurs. Une fois que la porte fut renforcée à l'aide de madriers, une échelle fut posée pour entrer et sortir du monastère. Deux éclaireurs furent envoyés pour observer la progression de leurs futurs assaillants. Cinq jours plus tard, après un travail harassant, les guerriers étaient prêts. Les deux jours suivants furent consacrés au repos et à la ligne de conduite à tenir. Les hommes étaient disciplinés et savaient que la bataille était inéluctable, le commandant leur expliqua la stratégie choisie. Ils laisseraient passer les cavaliers jusqu'au fossé, une fois que les premiers chevaux seraient tombés et que les autres se cabreraient, les archers commenceraient à tirer les flèches des arbres et des remparts. L'effet de surprise était primordial, pour faire la différence.

Pendant ce temps-là, l'avion volait toujours en direction de Zanzibar…

Sur le mur d'enceinte, la tension était palpable, les éclaireurs étaient rentrés quelques heures plus tôt. Leur rapport indiquait que la colonie de brigands comptait cent cinquante hommes environ et ressemblait plus à une armée disciplinée qu'à une troupe de bandits. Les archers désignés étaient à leurs places dans les arbres. Le soleil se levait, quand au loin, ils virent la colonne qui avançait vers eux. La caravane progressait en rangs serrés , les chevaux étaient aux avant-postes, les guerriers à pied suivaient et l'intendance constituée d'une vingtaine de chariots, fermaient la marche. Hushi ordonna à ses hommes de rester calmes. Wangdak était au-dessus de la porte du temple au centre, deux carquois de 25 flèches posées près de lui et une pique pour repousser les assaillants, s'ils essayaient de gravir le mur où il était posté. Il avait choisi un arc long pour tirer loin. Il allait mettre en pratique 20 années d'entraînement intensif. Les soldats autour de lui étaient jeunes, la peur se lisait sur le visage de celui à sa droite. Bizarrement, la forêt s'était tue et avait laissé place à un silence pesant. Le brouhaha causé par la troupe de brigands se faisait de plus en plus distinct. Les premiers chevaux arrivèrent, le chef stoppa la horde, son expérience lui indiqua que quelle que chose ne tournait pas rond. Pourquoi le temple était-il fermé ? Où étaient ces deux assassins ? Normalement, les deux meurtriers l'attendaient et lui rendaient compte de la situation. C'était la première fois qu'ils manquaient à l'appel. Il fit un tour d'horizon, mais il ne leva pas la tête. Il fit venir un écuyer et lui donna l'ordre d'aller ouvrir la porte, celui-ci se mit en route et à trente mètres de l'édifice, une flèche lui transperça le crâne. L'impact fût violent, le cavalier bascula en arrière, il avait juste eu le temps d'entendre le projectile fendre l'air. Les guerriers s'étaient repliés précipitamment. La forêt autour du temple était dense, il était très difficile de s'y mouvoir, l'allée principale était la meilleure option pour entrer dans le sanctuaire. Le commandant s'approcha de Wangdak.

— Si j'étais eux, j'attendrais la nuit pour attaquer.

— C'est probablement ce qu'ils vont faire

— J'ai envoyé un homme chercher de l'aide, mais même s'il arrive au palais rapidement, les renforts ne seront pas là avant 3 jours.

—Nous avons assez d'eau et de nourriture pour tenir un siège d'une semaine, les 4 archers aussi !

Pendant ce temps-là, les pillards s'affairaient à couper du bois pour construire des échelles, pour pouvoir monter sur le mur. Le chef regroupa tous ses subalternes pour leur expliquer comment ils allaient procéder.

— Messieurs, nous allons donner l'assaut au milieu de la nuit. Ce sera une attaque éclaire, nous allons courir jusqu'à l'enceinte pour tenter d'y pénétrer. Les cavaliers partiront devant pour incendier le temple. Nous allons lancer une offensive pour les déborder. Combien avez-vous fabriqué d'échelles ?

— Une vingtaine !

— Très bien, prévenez vos troupes !

Les quatre hommes dans les arbres étaient à vingt mètres de haut et presque invisibles, si on ne prêtait pas attention à leur présence. Le feuillage épais les camouflait. Hushi avait choisi ses meilleures recrues pour cette mission périlleuse. C'était des guerriers qui avaient déjà combattu à ses côtés, lors de différentes batailles. Il savait qu'il pouvait compter sur eux et qu'ils se battraient jusqu'à la mort. Pour Stanislas, ce moment était étrange il n'arrivait toujours pas à prendre les commandes de son hôte, il était spectateur.

Le temps défilait, son enveloppe charnelle était assoupie depuis une demi-heure dans l'avion qui le menait à Zanzibar…

Wangdak méditait, il avait fait le vide dans son esprit et avait mis son corps au repos. Il pouvait retrouver des forces rapidement, grâce à ses années de pratique. Vers deux heures du matin, le bruit des chevaux au galop sortit les hommes de leur sommeil. Les cavaliers avaient pour mission de lancer des récipients en terre cuite chargés de poix et de soufre le long de la porte et de l'enceinte afin que les archers les enflamment. Les soldats à pied, leur emboîtaient le pas, à couvert de leurs boucliers. Les tireurs à l'arc étaient postés sur l'arrière avec leurs carreaux en feu et attendaient les ordres pour envoyer

leurs projectiles par-dessus les fantassins. Quand les hussards arrivèrent à 20 mètres du mur, les pauvres bêtes basculèrent dans la tranchée creusée par les sbires de Hushi. Ceux qui suivaient tombèrent aussi, car la vitesse ne leur permit pas d'arrêter leurs montures. Tous les pots contenant la matière inflammable se brisèrent, Hushi avait demandé à ses gars de viser avec des flèches incandescentes pour éclairer la zone afin que ses quatre subalternes perchés puissent avoir de la visibilité pour toucher leurs cibles. À ce moment, la bataille tourna à la barbarie. Le fossé s'embrasa et le feu se répandit sur toute sa surface, les chevaux à terre et les hommes se transformèrent en torches vivantes, les fantassins qui s'approchaient en courant stoppèrent net et certains baissèrent leurs boucliers. Les carreaux arrivaient du mur et des arbres, sur le terrain c'était la panique, la formation serrée se désolidarisa, si bien que les tireurs firent un carton. Wangdak était concentré, ses flèches faisaient mouche à chaque fois, les ennemis tombaient les uns après les autres, ils se replièrent. Les archers entrèrent dans l'affrontement, une pluie de projectiles s'abattit sur le temple, ce qui a permis à l'infanterie de rebrousser chemin en toute hâte dans la forêt. Le combat cessa, l'heure était au bilan, les brigands comptaient une trentaine de morts, dans la troupe et une quinzaine de chevaux manquaient à l'appel. Le chef barbare fulminait, il n'avait jamais subi une telle défaite, au même moment, le commandant félicita Wangdak et ses soldats et leur demanda de se reposer, car ils allaient revenir. Il n'y avait que deux blessés sur le mur. Ils se servirent de l'eau contaminée pour éteindre les différents foyers causés par les tirs ennemis. Le chef barbare n'avait pas dit son dernier mot, il avait gardé un grand nombre de ses soldats au repos. Il les fit réveiller et vers cinq heures, la deuxième vague arriva sur le champ de bataille.

Les hommes du haut de leur cachette, libérèrent les troncs couverts de pieux effilés, mais l'effet escompté ne fut pas à la hauteur de leurs attentes, car seulement cinq guerriers furent fauchés. Une partie des archers dans la forêt dirigèrent leurs arcs vers les arbres tandis que le reste du groupe envoyait des flèches sur le temple. Les soldats de Hushi commençaient à ressentir la fatigue, ils se protégeaient sous leurs boucliers quand ils entendaient les projectiles arriver du ciel. Le commandant leur avait donné l'ordre de tirer qu'à coup sûr. Les conifères furent pris d'assaut, les quatre compagnons d'armes de Wangdak furent neutralisés, leur mort sonna comme une victoire pour les brigands. Les bandits progressaient sur le terrain, aidés par les salves nourries venant de l'arrière. Vers six heures du matin, les échelles furent posées au mur et les premiers guerriers commencèrent l'ascension. Sur le rempart, ils étaient trente-cinq environ, pour faire face à une cinquantaine de soldats surexcités. Les premiers pillards sautèrent sur l'enceinte, aussitôt le combat s'engagea. Les pics qu'ils avaient préparés, furent efficaces pour repousser les oppresseurs. Les armatures de bois tombèrent une à une, les hommes de Hushi vinrent à bout des quelques téméraires qui avaient réussi l'escalade. Une fois de plus, l'assaut fut un échec. Les brigands regagnèrent la forêt, protégés par les tirs en provenance de l'arrière. Hushi avait perdu une quinzaine de soldats dans l'affrontement, il savait que ses quatre compagnons d'armes, embusqués dans les arbres étaient morts. Il ordonna au médecin de la garnison de soigner les blessés et de lui faire un rapport. Il posa la main sur l'épaule de Wangdak.

— Ça va ?

— Pour le moment, nous avons un répit, mais ils vont revenir

— Oui, mais je pense qu'ils veulent nous affaiblir, ils donneront l'assaut une fois l'obscurité venue !

Stanislas se rappelait très bien ce qui allait se passer. Il savait que la prochaine nuit serait calme, que c'est au petit matin que l'attaque aurait lieu. Les cadavres furent déposés dans une salle du monastère, le docteur soigna les blessés plus touchés. Les soldats remirent de l'ordre dans le camp. Les pillards tiraient des salves de flèches, à intervalles irréguliers pour tenir en alerte les gens sur le mur, et accroître leur fatigue. La journée fut interminable, Hushi avait fait des équipes de garde afin de reposer ses hommes. La tension était palpable, dans l'enceinte, ils n'étaient plus que vingt guerriers valides, les autres étaient morts où dans l'infirmerie de fortune. En face, il y avait une horde de soldats prêts à en découdre. Leur chef savait que la seule façon de vaincre était de saper le moral de ses ennemis. La nuit fut encore plus longue que la journée précédente, ce n'est qu'au petit matin qu'ils donnèrent l'assaut. Wangdak et ses compagnons d'infortune avaient les yeux rougis par la fatigue, Hushi prit la parole.

— Nous allons probablement périr dans les heures qui suivent, mais je veux que vous massacriez un maximum de ces fils de putes !

Les soldats encochèrent et attendirent l'ordre pour commencer à tirer. Quand ils furent à portée , le commandant hurla :

— Maintenant !

Toutes les flèches partirent en même temps. Alors qu'un grand nombre firent mouche et que les hommes tombaient sur le terrain, le gros de la troupe continua d'avancer, protégé par leurs archers. Stanislas sentit que le manque de sommeil avait laissé une brèche dans l'esprit de son hôte et il parvint enfin à prendre le contrôle. Hushi qui était à côté de lui vit le changement, Wangdak se redressa et retrouva la pleine capacité de ses moyens grâce à l'énergie de Stan. Il enchaîna les tirs à une vitesse impressionnante, chaque carreau éliminait un adversaire, mais une fois de plus les échelles se posèrent au mur. Le combat au corps à corps commença, une quinzaine de pillards bondirent dans la cour pour ouvrir le temple, les militaires entraînés par Hushi étaient bien meilleurs que les bandits, mais le nombre faisait la différence. Au moment où la porte fut sur le point de céder, Wangdak sauta de l'escalier sur lequel il luttait le sabre à la main. Il arriva deux mètres plus bas et se retrouva face à ses adversaires qui furent surpris d'observer avec quelle aisance il avait fait une roulade et s'était relevé. Ils furent encore plus interloqués quand ils virent la vitesse à laquelle il dégaina ses couteaux à lancer et ses étoiles affûtées. Ils n'étaient plus que six autour de lui, le temps s'arrêta. Stanislas se rappela l'époque où il était Wangdak, les heures d'entraînement passées dans le froid ou sous un soleil brûlant, allant toujours plus loin pour trouver le geste parfait. Tel un danseur il s'élança, il fit un roulé-boulé et en se relevant, il tailla les artères fémorales de deux brigands. Au passage, il ramassa un sabre tombé à terre, et commença à faire des moulinets croisant sans cesse les deux armes avec une grâce à couper le souffle. Il avança d'un pas et coupa le bras d'un malheureux, pivota sur lui-même et d'un geste ample et violent, il fit voler la tête de l'adversaire en face de lui. Quatre bandits se jetèrent sur lui, il esquiva les coups d'estoc et transperça les deux premiers, il vit du coin de l'œil que la porte avait cédé, il entailla profondément la poitrine des deux autres. Sur le mur, c'était de la folie, les compagnons d'armes de Hushi se battaient à quatre contre un, le commandant lui-même était aux prises avec plusieurs hommes. Wangdak poursuivit son carnage, il était couvert de sang, il tuait à tour de bras tous les pilleurs qu'il avait à portée d'épée. Les soldats tombaient les uns après les autres, Hushi saignait, il avait été touché au bras gauche, mais continuait à cogner comme un diable. Quand tout sembla fini, que les brigands commençaient à croire à la victoire, une armée de chevaux franchit la porte, le souverain en tête. Les malandrins tentèrent de fuir, mais il y avait des individus postés autour de l'enceinte. Les fuyards étaient tués systématiquement. Wangdak était aux prises avec le chef des assaillants, le combat était violent, le colosse maniait très bien le sabre, les coups pleuvaient, Stanislas sentait que son hôte viendrait à bout de la brute en face de lui. Tout à coup, Wangdak ressentit un choc terrible dans son dos, il se retourna instinctivement et vit un des deux empoisonneurs un arc à la main. Les deux détenus avaient été libérés et le grand diable tenta d'en profiter en redoublant de brutalité. Malgré la douleur, le bonze reprit la lutte et multiplia les passes d'armes, étourdissant son adversaire. Il employa une ruse que lui avait apprise son maître et décapita le géant qui tomba lourdement sur ses genoux. Le rang contrôlait la situation. Il y avait des cadavres partout, Wangdak s'approcha du prisonnier qui avait lâché son arc. Leurs regards se croisèrent, l'homme baissa la tête. Wangdak le transperça jusqu'à la garde de son sabre, le malheureux bascula en posant les mains sur le fer qui lui traversait le corps. Hushi arriva juste à temps pour rattraper son ami qui avait une flèche plantée dans le dos. Avec l'aide de quelques soldats il fut conduit au médecin, celui-ci cassa le bois qui dépassait et préconisa de ne pas sortir la pointe logée profondément, craignant une hémorragie violente. Stanislas savait que c'était la fin, il se rappelait cette mort-là et ne put rien faire. Le seigneur vint à son chevet. Il prit la main du jeune moine.

— Je ne me pardonnerai jamais de ne pas avoir su vous protéger.

— Vous n'y pouviez rien, mes compagnons avaient déjà succombé quand je suis rentré, ils ont été empoisonnés !

— Je vais m'occuper des prisonniers, repose-toi !

L'homme se leva et fit demi-tour, il savait que Wangdak ne passerait pas la nuit. Il ordonna de décapiter tous les détenus. Trois des soldats d'Hushi avaient survécu, ils furent nommés à des grades supérieurs. Le commandant s'était fait recoudre les différentes plaies qu'il avait subies pendant l'affrontement. Il donna consigne de récupérer les corps des quatre archers dans les arbres. Il demanda à ses compagnons de préparer des bûchers pour incinérer les malheureux de sa troupe, morts au combat. Le temple fut nettoyé de fond en comble, Hushi ne voulait plus voir une trace de sang. Il alla au chevet de son ami.

— Merci d'avoir protégé ce lieu sacré, commandant !

Le jeune moine était pâle, sa voix presque inaudible. Hushi regarda le médecin et comprit dans ses yeux que c'était la fin. Il prit la main de Wangdak.

—Tu t'es battu comme un lion, ton maître aurait été fier de toi. Nous allons rouvrir cet endroit de prières, il portera ton nom, et les futures générations chanteront tes louanges.

Wangdak esquissa un sourire et eut une quinte de toux. La vie quitta le corps du bonze, Stanislas ne le reverrait plus. Stan, se réveilla en sursaut et courut aux toilettes. Une fois à l'intérieur, il s'agenouilla et vomit abondamment. Patrick frappa à la porte !

— Ça va ?

— Oui, ne t'inquiète pas, j'arrive !

Stanislas se regarda dans la glace, il avait l'air fatigué. Il savait que Wangdak était mort, mais il n'était pas triste, car il avait acquis toutes les connaissances de son double et garderait un peu de lui au quotidien. Il regagna son siège, son pote le fixa bizarrement.

— Ça ne te réussit pas de dormir ! Tu fais peur à voir !

— Je reviens d'un champ de bataille, je te raconterai ! Au fait, quand nous aurons fini à Zanzibar, ça te tenterait un petit voyage en Chine ?

— Ne me dis pas que tu as encore planqué un trésor !

— Non, ce n'est pas moi, c'est un de mes doubles ! J'ai pioncé combien de temps ?

— Une heure, nous allons bientôt arriver.

Au même moment, l'hôtesse indiqua aux passagers d'attacher leurs ceintures, car ils allaient amorcer la descente. Patrick et Stan regardèrent par le hublot et virent les lumières de la ville. Maintenant, l'aventure allait vraiment commencer. Le voyage avait pris du retard, l'avion se posa à deux heures du matin, sans encombre, sur la piste de l'aéroport

Chapitre trois

Esther

Quand ils sortirent de l'aéroport, il y avait quatre navettes floquées du logo d'un l'hôtel quatre étoiles, qui les attendaient eux et le groupe de chercheurs de trésor. Oscar et Patrick s'assirent côte à côte, Esther prit place sur la même banquette que Stan. Le mini bus fut complet en un rien de temps, grâce à la bande du géant blond, qui lui avait commandé un taxi. Patrick ironisa :

— Super votre boss, bel esprit d'équipe !

Oscar lui répondit, calmement :

— Je ne le sens pas bien ce mec depuis le début !

Esther parlait le français parfaitement, elle se retourna et dévisagea Patrick.

—Vous savez, quand vous montez une opération de ce genre et avec un tel budget, il est possible d'avoir la tête ailleurs.

Patrick tomba amoureux sur-le-champ.

— Excusez-moi mademoiselle, je ne voulais pas vous importuner !

Il connaissait son pote Pat par cœur, il aurait mis sa main au feu qu'il ne la lâcherait plus, tant qu'il ne lui aurait pas fait l'amour. Elle se retourna face à la route, les deux copains se regardèrent du coin de l'œil. Stanislas engagea la conversation, il tendit la main à la jeune Asiatique qui avait l'air contrariée.

— Bonjour, je m'appelle Stanislas et l'énergumène derrière, c'est Patrick. Nous sommes des membres d'une association et nous venons pour faire de la photo sous-marine.

Elle se détendit un peu et la lui serra

— Esther, et je fais partie de la mission Powell.

— Ça consiste en quoi ?

—Nous allons plonger sur une épave qui n'est pas très profonde, mais qui est très endommagée et en grande partie engloutie par le sable.

—Ça a l'air génial ! Nous, nous allons dans le sud à Kizimkazi, il y a un endroit où nous pourrons photographier des dauphins en liberté, j'ai hâte ! Ils roulèrent pendant une demi-heure et le chauffeur stoppa devant leur hôtel. Dehors, il faisait bon, la température avoisinait les vingt-trois degrés, le calme régnait autour de l'établissement. Ils passèrent à l'accueil récupérer leurs clés. L'homme derrière le comptoir leur indiqua la direction de leurs chambres. Ils empruntèrent un petit patio décoré à la façon « Afrique orientale ». Une fontaine en forme d'étoile, au carrelage bleu-azur, coulait jour et nuit au milieu de la cour donnant sur deux escaliers typiques aux rambardes en fer forgé. Les étages du dessus étaient soutenus par des poutres apparentes, d'un bois noble et dont la circonférence impressionnante laissait les deux Français sans voix. Des ventilateurs tournaient en permanence, offrant aux clients une sensation de fraîcheur. Fourbus de fatigue, ils regagnèrent leurs chambres respectives. Celle de Stan faisait le double de son studio de Toulon. Le lit à baldaquin était enfermé dans une mousseline en coton du Bangladesh. Les larges fenêtres surplombées de vitraux de toutes les couleurs étaient pourvues de moustiquaires qui apportaient du charme à la pièce. Le petit salon cossu avec ses fauteuils confortables installés sur un épais tapis, lui donna immédiatement l'envie de s'asseoir et de détendre ses jambes en les posant sur la magnifique table basse. Finalement, il préféra enlever ses vêtements et s'écrouler sur le lit douillet où il sombra dans un sommeil profond. Le lendemain matin, une espèce de musique irréelle lui résonna dans les oreilles.

Il croyait rêver d'un homme qui chantait avec un son plein de réverbération. C'était mystique et il trouva ça beau, quand il ouvrit les yeux, la personne chantait toujours. Il reconnut le premier appel à la prière pratiqué dans les pays musulmans. Il se leva et s'approcha de la fenêtre qui lui offrait une vue à couper le souffle sur la mer. C'était le crépuscule, il aperçut les premières rougeurs du ciel. Il regarda sa montre, il était cinq heures vingt. Il s'allongea de nouveau et se rendormit aussitôt. Plus tard, Patrick tapa à sa porte.

—Debout là-dedans p'tit déj' »

—OK, je me douche et j'arrive !

Les deux amis se retrouvèrent vers huit heures trente. Ils étaient tellement heureux de visiter ce pays, qu'ils n'abordèrent même pas l'objet de leur mission. Vers neuf heures, ils partirent dans Stone town et là ce fut un choc. Ils en prirent plein la vue, ils allaient de découverte en découverte, chaque voie leur apportaient une émotion nouvelle. Les deux amis étaient euphoriques, les échoppes en tous genres étaient ouvertes sur des avenues étroites où l'on pouvait trouver, à condition de connaître l'endroit, à peu près tout ce que l'on puisse imaginer. Patrick et Stan voyageaient dans ce labyrinthe, qui leur paraissait infini, guidés par les odeurs de nourritures venant de chaque coin de rue. Ils avaient l'impression d'être revenus cinquante ans en arrière. Le boucher avait sa viande dehors sur son billot et avec un petit bout de carton, il chassait les mouches opportunes, le poissonnier avait sa boutique en face. Il s'affairait à mettre de la glace (qu'il avait pilée lui-même à partir d'un bloc), sur sa pêche du matin. Un peu plus loin les femmes assises sur des tabourets de bois, vendaient des fruits aux couleurs vives et des légumes dont les deux touristes ne connaissaient pas le nom. Ils furent émerveillés par l'architecture d'un autre temps et par la beauté des portes qui laissaient deviner derrière elles, des harems où des oasis ombragées. Ces huisseries centenaires étaient ornées pour certaines par des protubérances en acier, Patrick avait lu quelques part que, plus les portes étaient grandes, plus le propriétaire était riche. En levant la tête, ils furent interloqués par un réseau de fils électriques posés dans une anarchie totale. Les toits en tôles rouillées dépassaient largement les magasins, offrant aux passants de l'ombre pour le soleil et un abri pour la pluie. Les teintes et les émanations des différents parfums d'épices, proposés en vrac ou en sachet, sur un étal tenu par un adolescent au sourire communicatif, les attirèrent comme un aimant. Ils entamèrent une conversation à l'aide de signes et de grands fous rires. Stan petit à petit comprenait ce que disait le jeune homme, qui parlait en swahili. Tout lui revint en mémoire, le moment où il avait traversé la ville de pierres « Stone town » les mains entravées par des cordages qui lui coupaient la peau. C'était en mille sept cent quinze, l'année de ses vingt-cinq ans où il fut capturé pour être vendu à un marchand d'esclaves peu scrupuleux.

Il s'appuya sur l'étal un peu étourdi.

—Hé ! Ça va ? Pat avait senti le changement d'attitude chez son ami

—Oui, je t'expliquerai !

Plus tard, après avoir laissé le jeune Zanzibarite, les deux acolytes firent une pause pour manger. La bonne odeur d'une brochette de poulet cuite sur un brasero avait eu raison d'eux. Ils goûtèrent à un jus de canne à sucre que leur prépara un marchand ambulant, avec sa drôle de machine qu'il poussait à la force des bras. Assis sur les marches d'une maison, ils continuèrent à s'émerveiller en voyant passer les femmes à la chevelure cachée par leurs kangas, et les hommes à l'habit traditionnel musulman. La rue était un cinéma incessant ou défilaient les scooters, les vélos chargés de produits de toutes sortes pour réapprovisionner les boutiques du quartier. Une bicyclette à peine visible sous une montagne de bidons leur frôla les pieds, et au passage, le conducteur leur fit un large sourire. Ils se baladèrent toute la journée, ils avaient conclu qu'ils ne commenceraient que le lendemain, à établir des plans pour leur quête. Pour le moment, ils arrivèrent au vieux fort, avec ses canons tournés vers l'océan pour protéger les habitants de l'envahisseur. Ils marchèrent encore et encore comme si c'était leur dernier jour, dans ce pays merveilleux. Leurs déambulations les emmenèrent sur la promenade du front de mer. Le calme, la quiétude et le marché nocturne de Forodahni garden, incitèrent Stan à faire la comparaison avec Sanary-sur-Mer. Un peu plus loin, les enfants et les ados faisaient le show pour s'amuser et pour épater les touristes, en effectuant des plongeons acrobatiques. Les deux amis s'assirent à l'écart pour boire un coca, ils étaient en face du port marchand, où se côtoyaient les navires de pêche, les porte-conteneurs, les remorqueurs et les petits caboteurs.

—C'est peut-être ici que nous trouverons un bateau de travail.

—Oui, demain matin, on peut aller faire un tour pour voir ! Alors qu'est-ce qui t'est arrivé tout à l'heure ?

—J'ai eu un flash, quand l'ado nous parlait, je le comprenais et ça m'a replongé dans mon passé d'esclave. C'est de Zanzibar que je suis parti et j'ai traversé une partie de la ville entravée par des liens. Je suis déjà venu ici, dans une autre vie.

—OK cool, bon le passé c'est le passé, je te conseille de le garder pour toi, le fait que tu piges le « Sualimachin » ça pourrait nous servir pour les négociations.

Stanislas éclata de rire.

—Rentrons, je suis crevé.

Après une longue marche, ils retrouvèrent leur hôtel. Ils se connectèrent sur « SKYPE » et discutèrent avec leurs amis restés en France. Patrick fit signe à la compagnie, car il était fatigué, il monta se coucher. Stan leur expliqua que dès demain, ils se mettraient à la recherche de matériel et que plus tard ils iraient prospecter à Kizimkazi. Une demi-heure après, il les embrassa virtuellement et regagna sa chambre. En montant les escaliers, il entendit des cris étouffés. En arrivant à la dernière marche, il vit Powell qui bloquait Esther contre le mur près de sa chambre. Stan analysa la situation rapidement et comprit que le géant voulait abuser de son employée, qui n'était pas consentante.

—Lâche-la, connard !

La brute se retourna et regarda Stanislas avec mépris. Ayant fait les grandes écoles, le beau diable parlait couramment le français.

—Barre-toi, ce n'est pas tes affaires, c'est entre elle et moi.

—Je suis sûr qu'elle essaye de te dire que c'est non.

Les deux hommes étaient maintenant face à face, Esther était terrorisée, elle ne pensa même pas à fuir. Les chambres étant bien insonorisées, les voisins n'avaient pas eu vent de ce qui se tramait dans le couloir et bien sûr, il n'y avait pas de caméras dans les étages. Le colosse était impressionnant par sa taille et par sa largeur, on aurait dit un de ces catcheurs qui font la gloire de la TNT. Il le savait comme toujours, il aurait le dessus sans même se battre. Powell avait déjà connu ce genre de scène ou un minable veut jouer les héros et fini par se dégonfler au dernier moment. Il regarda Stanislas d'un air méchant.

—Hé tu espères faire quoi !

Son bras jaillit comme un cobra qui se jette sur sa proie, l'anglais ne vit rien venir. Le poing fermé, il lui asséna un coup violent et rapide directement sur sa glotte. L'effet fut immédiat le Goliath tomba à genoux, Stan le rattrapa et au passage vérifia qu'il avait encore un pouls et une respiration. Il demanda de l'aide à Esther qui n'en revenait pas.

—Allons-y, on le rentre dans la chambre. C'est la sienne ?

—Oui, la mienne et là-bas !

Non sans mal, ils basculèrent l'harceleur sur le lit, il était juste K.O. En sortant, Stan verrouilla la porte et mit la clé dans un pot de fleurs. Il posa un écriteau ne pas déranger sur la poignée et se tourna vers Esther

—Tu te sens bien ?

Elle s'était un petit peu repris, mais elle avait eu très peur. Elle s'interrogea sur ce qui se serait passé sans l'aide providentielle de son sauveur.

—Oui, je me sens mieux.

—Malheureusement pour toi, la mission Powell c'est fini. Si tu es intéressée, j'ai besoin d'une personne d'expérience comme toi. Rassure-toi, j'ai une copine et j'en suis très amoureux. C'est très long à expliquer, mais moi aussi je suis là pour un trésor, si ça te tente, tu viens avec nous. Tout était allé si vite, le matin même, elle adulait son patron, qui était un exemple pour tout le groupe. Maintenant, elle savait que c'était un oppresseur qui profitait de son statut pour violenter les femmes qu'il avait choisies dans son équipe. Elle n'avait plus rien à perdre, même si sa carrière pouvait en prendre un coup, ça serait sa parole contre la sienne.

Elle décida de faire confiance à cet homme qui avait risqué sa vie pour elle.

—OK, je viens.

—Tu vas à ta chambre, tu ramasses toutes tes affaires, on se retrouve dans le hall dans dix minutes, je vais chercher Patrick.

Avec son ami, à Marseille, ils étaient convenus de quelques codes en cas où un danger leur tomberait dessus, comme les mercenaires du Vatican par exemple.

Il entra dans la piaule de son pote.

—En bas dans dix minutes.

Il n'eut pas besoin d'expliquer, Pat sauta du lit et commença à faire son sac. Ils se retrouvèrent à la réception en un temps record, et commandèrent un taxi, qui arriva très rapidement. Comme tout était déjà réglé, ils quittèrent les lieux sans encombre. Il fut surpris, mais ravi de voir que son ami lui avait emmené de la compagnie. Le chauffeur les déposa dans un autre hôtel, qui avait le même standing. Stan s'occupa des formalités et récupéra le numéro de leur logement respectif.

—On peut se détendre, ici nous ne risquons rien !

Les trois jeunes gens s'étaient installés au bar, dans des fauteuils confortables. Minuit sonna quand Stanislas terminait la narration des événements qui venaient de se passer.

—T'as séché le gros, toi, je n'y crois pas

—Ce n'est pas marrant, nous devions rester discret.

—Mais qu'est-ce que tu imagines, qu'il va se lever demain et dire à tout le monde :

—Merde, je me suis fait casser la gueule par un p'tit mec, pendant que j'essayais de faire du mal à une de mes employées.

—Non, il va se la fermer, par contre s'il nous recroise, je présume qu'il faudra se méfier.

Esther qui n'avait pas pipé mot jusqu'à maintenant, confirma les propos de Patrick. Elle aurait désiré porter plainte, mais vu la fortune de son agresseur, c'était perdu d'avance. Elle les regarda.

—Hé vous, c'est quoi votre histoire ?

—C'est compliqué et ça va être très long à te raconter, je pense que le mieux c'est d'aller se coucher et de reprendre demain.

Patrick lui proposa de dormir à côté d'elle (sur le canapé bien sûr) en tout bien tout honneur. Il pouvait comprendre que ce genre de situation était traumatisant et que dans ces moments-là, il ne fallait surtout pas rester isolé. La mâchoire de Stan se décrocha quand il entendit leur nouvelle amie dire

—C'est super sympa, j'accepte avec plaisir. Je ne suis pas tout à fait remise de cette histoire, toute seule je serais morte de trouille et je n'arriverais pas à fermer les yeux merci.

—C'est normal, il faut s'entraider !

—Bon eh bien bonsoir, à demain au petit-déj', nous avons du pain sur la planche.

—OK, à demain.

Allongé sur son lit, il repensa la scène. C'est bien lui qui avait envoyé le géant au tapis, il se rendit compte qu'il avait conservé les dons de Wangdak. C'est pour cette raison que le cardinal se méfiait de lui et avait diligenté des experts à ses trousses.

Quand il retournait dans une vie passée et qu'il en

revenait, la mémoire additionnelle de son double restait liée à la sienne et il gardait les connaissances acquises par ses hôtes. C'est pourquoi, il comprenait le swahili, et qu'il avait volé si facilement l'argent dans le coffre-fort de l'homme d'Église. Il n'avait pas réfléchi, son poing était parti tout seul à l'endroit choisi. Une certaine confusion s'empara de lui, est-ce Stan ou Wangdak qui avait frappé, il ferma les yeux et visualisa le géant de nouveau devant lui. Il imagina vingt façons différentes de terrasser l'individu, qui n'avait aucune chance. Il frissonna en se figurant une dizaine d'autres manières dont il aurait pu le tuer dans ces circonstances. Fatigué, il finit par sombrer dans un rêve où il était dans le lit d'Abygael... Pendant ce temps-là, dans la chambre d'à côté, les deux jeunes gens discutaient. Patrick lui raconta sa vie de Toulonnais et son travail qu'il avait quitté pour suivre son ami. Quand elle posait des questions sur leur but, il bottait en touche et lui disait :

—Stan t'expliquera tout demain.

Le courant passait bien entre eux. Pat avait développé un don, celui de s'adapter à la femme qu'il avait en face de lui. En plus de son charisme et de son humour, elle lui tombait dans les bras parce qu'il savait les écouter et les conseiller. Il se mettait au diapason de la gente féminine du moment, peu importe le milieu social, il s'en sortait toujours. Mais là, il y avait quelque chose de cassé dans sa mécanique bien huilée. Il avait perdu ses repères, il se sentait tellement bien qu'il en avait le vertige, il était en train de comprendre qu'il tombait amoureux. La douceur de la voix d'Esther, ses yeux, son corps, son rire... le temps s'était arrêté, il aurait voulu que l'instant dure une éternité. Ils étaient tous les deux habillés sur le lit et elle avait l'impression que rien de mal ne pouvait lui arriver, grâce à cet homme qu'elle découvrait.

Elle lui raconta son enfance heureuse, son père diplomate javanais et sa maman balinaise, deux cultures à mille lieues l'une de l'autre. Lui musulman et elle hindouiste, la petite fille avait vécu sans problème ces deux religions, et ses parents instruits lui avait laissé choisir de son plein gré. La jeune adolescente qu'elle avait été, avait opté pour la même religion que sa mère, car c'est là qu'elle s'y retrouvait le plus. Elle avait pas mal déménagé pour les suivre et quand fut arrivé le temps de la scolarité, elle s'était tournée vers un métier où elle travaillerait dans un milieu naturel (la mer). À la fin de ses différentes formations, elle obtint son doctorat d'archéologie subaquatique. Elle était entrée à l'université d'Aix-Marseille où elle avait passé avec succès une licence maritime et avait continué son cursus, en préparant un diplôme d'études supérieures spécialisé dans l'histoire de l'art et de l'archéologie. Ses parents s'étaient installés dans la ville de Paul Cézanne, pour lui permettre de faire ses études dans les meilleures conditions et elle avait eu de la chance de séjourner plusieurs mois sur l'île des Embiez. Il n'en revenait pas, elle avait vécu dix ans entre Aix-en-Provence, Marseille et Toulon. Ils s'étaient peut-être croisés... Elle avait enchaîné les plongées dans toute la région et connaissait énormément d'épaves. Celle qu'elle préférait, c'était « la lune ». Le bâtiment de guerre du « Roi-Soleil » qui s'étant vu refusé l'accès à la rade par crainte de peste, dut repartir vers le large. La vétusté du navire et sa surcharge firent que celui-ci coula à pic. Il se déposa par quatre-vingts mètres de fond au large de Toulon, le six novembre mille six cent soixante-quatre. Une centaine d'hommes survécurent au naufrage, mais malheureusement, les sept cents autres, n'eurent pas cette chance et disparurent par une froide nuit d'hiver provençal. Elle lui parla du centre Camille Jullian où elle s'était formée grâce à des gens extraordinaires et où elle avait effectué ses premières plongées dans le cadre de ses études. Patrick buvait ses paroles, ils s'endormirent et quand le muezzin fit son appel à la première prière, il ouvrit les yeux. Ester s'était blottie contre lui, il n'osa pas bouger. Il la regarda un moment, sa beauté rare, son parfum enivrant lui donna envie de la serrer dans ses bras, mais il n'en fit rien, il préférera garder intact la magie de cet instant qui resterait figé dans sa mémoire pour toujours. Le sommeil le terrassa de nouveau, il sombra dans un rêve étrange mais agréable où Esther était à ses côtés. Le bruit de la douche fut la première chose qu'il entendit en ouvrant les yeux, il se tourna, la place à côté de lui était vide. En s'asseyant sur le lit, il vit Esther nue sous la douche, dans le reflet du miroir. Il ne put s'empêcher de regarder quelques secondes, il la trouva magnifique. Il se leva et ferma la porte discrètement, il était pensif quand elle fit son entrée dans la chambre. Elle était habillée d'une combinaison-pantalon unie, noire, à manches courtes avec deux liserés blancs qui partaient des épaules à la taille. Une ceinture nouée sur la hanche pour équilibrer l'ensemble et une découpe boutonnée dans le dos pour donner une touche décontractée à la tenue, qui semblait avoir été dessinée pour elle.

—Bonjour, as-tu bien dormi ?

—Oui, je me suis sentie protégée avec toi et j'ai passé une agréable soirée.

—Bon, je vais revenir cette nuit pour plus de sécurité...

Elle éclata de rire, mais ne lui dit pas non... Il se doucha, vite fait, il y avait encore les effluves de son parfum, la journée s'annonçait parfaite. Stan les attendait dans un petit salon, un jus de fruits fait maison à la main. Il les vit arriver et constata que la protégée de Patrick avait l'air moins stressée que la veille. Elle se pencha au moment où il se levait et l'embrassa sur la joue, en le remerciant pour ce qu'il avait fait pour elle. Ils prirent place dans les canapés un peu à l'écart pour plus de discrétion.

—Bon, par où commencer ! Tu crois en la réincarnation ?

—Oui, c'est un des principes fondamentaux de ma religion, pourquoi ?

—Parce que c'est le cœur de notre histoire, et c'est la raison pour laquelle nous sommes là aujourd'hui.

—Là, vous me faites un petit peu peur les garçons !

—Installe-toi confortablement, je vais tout te raconter depuis le début, mais ça risque d'être un petit peu long.

—OK, je t'écoute !

—Tout a commencé le lendemain de mon anniversaire, pour mes vingt-six ans. J'ai constaté quelques troubles de ma personnalité et les crises, si on peut appeler ça comme ça, se sont accentuées. La première fois, je me suis retrouvé dans la peau d'un Juif allemand. Je me suis rendu compte que je me souvenais de cette vie-là, car je l'avais déjà vécue, ce n'était pas un rêve, je retournais dans le passé et dans le corps de mon hôte. Je pouvais même prendre les commandes de son esprit et changer quelques actions. J'étais tellement terrorisé que je n'en ai rien fait de peur des répercussions dans le présent. Les premiers voyages n'étaient pas clairs, il y a des pans d'histoires que je découvrais pour la première fois. Je suis allé voir une psy, qui m'a aidé en m'hypnotisant, à retourner dans le passé, pour elle j'étais en état de fatigue avancée et je mélangeais les rêves et la réalité. Petit à petit, j'ai commencé à maîtriser la mémoire additionnelle

—C'est quoi ?

—C'est le fait de fusionner les souvenirs du réceptionnaire et la mienne. Par exemple, mon double qui s'appelait Shaul Elman, était allemand, je me suis mis à parler couramment sa langue et quand j'étais dans son corps, il pouvait dialoguer en français. Ça va, jusque-là ?

—J'ai du mal à te croire, mais je veux entendre la suite !

—OK, le lien commun avec tous mes avatars, c'est que nous sommes tous orphelins, bref !

—Pourquoi, tu en as plusieurs ?

—Oui, mais j'y reviendrai plus tard. Shaul m'a ouvert les yeux sur le fait que grâce à mes retours dans le passé, je pouvais aider des gens. Il vivait à l'époque de la déportation et il a contribué avec des amis à lui, à sauver beaucoup de monde. Un des aspects de sa personnalité, c'est que c'était un cambrioleur hors pair, et comme il fallait beaucoup d'argent pour sortir les familles juives des griffes nazies, il multiplia les casses. Je l'ai aidé grâce à tous les films que j'ai vus, et j'ai élaboré quelques coups fumants dont il n'aurait pas eu idée. Quand j'étais dans les années trente-huit, trente-neuf, j'ai planqué des biens que j'ai récupérés de nos jours (or, bijoux, bons au porteur, diamants), la panoplie complète. Pour moi c'est fou, hier encore, j'étais un simple boucher dans un supermarché, et je me demandais quel avenir je pouvais bien avoir et toute cette histoire m'est tombée dessus.

—D'accord et tu fais comment pour transformer tes richesses en argent ?

—Je ne suis plus le même, j'ai évolué et j'ai acquis les connaissances de mes doubles, je sais comment changer mes devises. J'ai des contacts dans le milieu des diamantaires israélites, et toutes les portes me sont ouvertes. Ils pensent que je suis un descendant de Shaul Elman le bon samaritain qui a contribué à sauver tant de

familles de leur communauté, dans n'importe quel pays, il y aura toujours un homme ou une femme de confession juive pour m'aider. Patrick était silencieux, il n'espérait qu'une chose, c'est qu'elle les suive dans cette aventure.

—Je continue.

— Oui, je n'ai jamais entendu une histoire pareille.

— Tout ça, au départ vient du fait que j'ai été enlevé par des mercenaires à la solde du Vatican.

Elle se leva, et leur demanda

—Qu'est-ce qui ne tourne pas rond avec vous, le fou d'hier soir et maintenant vos contes à dormir debout !

Pat sortit de sa réserve.

—S'il te plaît, assieds-toi et écoute la suite, il va te raconter la raison de notre présence ici. Tu as fait de longues études !

—Oui et alors ?

—Tu peux t'exprimer dans combien de langues différentes ?

—J'ai appris le français et l'anglais, je suis indonésienne et je connais un peu le balinais.

—OK, tu as des diplômes dont je ne sais pas très bien ce qu'ils veulent dire, mais je pense que c'est du très haut niveau. Stan est boucher, il a quitté l'école en quatrième, comment expliques-tu qu'il parle couramment le français, l'allemand, l'anglais, l'hébreu et le mandarin. Alors ?

—Le swahili aussi…

Patrick et Esther se retournèrent vers lui en même temps.

—Je parle aussi cette langue.

Elle se laissa tomber dans le fauteuil, le doute s'était

installé et en plus, elle souhaitait croire en son compagnon de la nuit, pour qui elle commençait à avoir une certaine attirance.

— Bon d'accord, continue !

—Il y a un cardinal qui a le même don que moi. Il paye une fortune pour retrouver les gens avec mes aptitudes, pour plusieurs raisons. La première : il veut s'assurer que personne n'a croisé Jésus, car ça serait un peu dommage que quelqu'un proclame : « moi, je l'ai connu, ce n'est pas du tout le type que vous imaginez ». La deuxième : il désire s'approprier les trésors accumulés par les renaissants, c'est comme ça qu'il nous appelle, et la troisième : je crois qu'il aimerait être le seul de son espèce. Il a créé un petit univers avec des chercheurs qui ont inventé des substances qui nous font dire tout ce que nous savons et qui nous tuent sans que l'on puisse renaître. Ils se débarrassent des cadavres dans une fosse commune et récupèrent les butins de ceux-ci. Quand j'ai été enlevé par les mercenaires qui travaillent pour lui, j'ai été soumis aux produits en question, mais il s'est passé quelque chose, et ils ont arrêté le protocole. Ils devaient l'affiner et recommencer plus tard, mais entre-temps, je me suis évadé en emportant au passage le contenu du coffre ouvert du saint homme. À l'heure actuelle, il doit nous chercher, mais nous avons brouillé les pistes.

— C'est qui nous ?

—Pat ici présent, Abygael ma psy qui est devenue ma petite amie, Claude qui m'a aidé à sortir discrètement d'Italie, Sonia sa compagne et Alain mon éducateur, avec qui je suis toujours resté en contact. Quand nous serons prêts, ils arriveront. Oscar nous a raconté l'histoire des Powell, tu la connais ?

—Oui, quand j'ai été recruté par un des membres du cabinet de ce connard de violeur !

Elle avait dit ça avec de la haine.

—Je suis arrivée à Londres en même temps qu'Oscar l'ingénieur en construction navale.

— Ah bon, il nous a dit qu'il était responsable du matériel.

—Oui, il a accepté cette partie du boulot, mais croyez-moi, c'est un cador dans sa branche. Tout ce qui s'arrête de fonctionner repart, une fois passé dans ses mains. Il va s'occuper de l'entretien mécanique et électrique, ainsi que des réparations d'équipements en tous genres. Il a déjà participé à des opérations importantes sur des recherches de navires ayant fait naufrage à travers le monde, dans le milieu il s'est fait un nom. Il a notamment fait partie de l'équipe qui a fait une découverte majeure, de vingt-deux épaves, vieilles de deux mille cinq cents ans au large de la Grèce, sur une ancienne voie de commerce maritime. Patrick aimait la façon dont elle parlait, avec son accent indonésien, elle paraissait fragile, mais il ressentait qu'il n'en était rien. Il buvait ses paroles, Stan était un petit peu surpris de voir son ami dans cet état-là...

—C'est un de ces sbires qui nous a briffés. J'ai entendu le même exposé, je n'en sais pas plus, mais apparemment le butin serait colossal.

—Serais-tu prête à entendre une version un peu différente ?

—Eh bien, je t'écoute…

—Dans une de mes vies, j'ai été un pêcheur qui habitait sur l'île de Zanzibar. Je suis né en mille six cent quatre-vingt-dix. Comme je te l'ai expliqué, il y a quelques mois, j'ai été capturé par les hommes du cardinal, ils m'ont transporté en Italie, et ils ont fait une expérience sur moi qu'ils ont reportée parce qu'il y a eu un petit problème. Ils m'ont enfermé dans une chambre pour la nuit et c'est là que mon esprit a retrouvé mon avatar. Je me suis connecté à lui le jour de ses vingt-cinq ans, en mille sept cent quinze. Le jeune « Onika » revenait de la pêche comme chaque matin, quand il s'est aperçu que les gens de son village avaient disparu, deux femmes qui s'étaient cachées lui racontèrent que des marchands d'esclaves les avaient emmenés. N'écoutant que son courage, Onika décida de les suivre dans l'intention de les libérer, mais n'étant pas un guerrier, il eut vite fait d'être fait prisonnier à son tour. Comme j'avais intégré son corps et son esprit, et que je commençais à connaître le fonctionnement de la mémoire additionnelle, je pris les commandes. Les bandits nous ont enlevés, pour nous commercialiser comme des bêtes à un capitaine de bateau nommé Kervella. Il espérait faire un profit non négligeable en nous vendant sur l'île Bourbon. J'avais déjà vécu cette vie-là, grâce à la souvenance, je pouvais changer la donne. Je comprenais le français, je me rappelais le voyage initial et surtout je savais qu'Onika se ferait tuer en essayant de se rebeller avec ses compagnons. Mon but était de sauver mon hôte. J'étais au courant que le bateau allait faire escale sur un atoll du nom d'Aldabra et que ce soir-là, les marins seraient ivres et moins attentifs. J'ai réussi à convaincre le chef des anciens, qui était le sorcier du village. Il a posé les mains sur moi et commencé des incantations. Il a vu des choses qui lui ont fait un peu peur, mais il a su que je lui disais la vérité. Il m'a aidé à monter une mutinerie qui cette fois-ci devait aboutir. Nous avons fait croire, aux deux cent quatre-vingts autres esclaves que j'avais des visions, car ils n'auraient pas compris si je leur avais expliqué que j'étais de retour dans une vie que j'avais déjà vécue. Tous les hommes étaient enchaînés, de jour comme de

nuit, on nous faisait sortir sur le pont quelques heures par-ci par-là. Nous étions surveillés de près par des matelots en armes. Ils avaient pour consigne de tirer au moindre écart de conduite, les femmes n'étaient pas entravées. Tous les soirs, un marin descendait faire sa ronde, pour vérifier que tous les cadenas soient bien fermés, qu'il n'y ait pas d'objets susceptibles de casser ou d'arracher nos fers.

Esther avait pâli, car elle avait lu des romans où il était question d'esclavage. Un de ses préférés était le négrier de Zanzibar de Louis Garneray, que lui avait conseillé un de ses profs. Il évoquait pour elle l'aventure et c'est pour cela qu'elle avait dit oui à la mission.

—J'avais demandé aux femmes qui furent la clé de notre évasion, de tuer dans le plus grand silence le quidam qui descendrait. Le malheureux était ivre, et voulut profiter de sa condition, pour caresser la poitrine d'une entre elles. Il fut interloqué, car celle-ci se laissa faire, mais ce fut la dernière fois qu'il posa sa main sur le sein d'une jeunette. Toutes celles, qui se sentaient mère, tante, cousine, fille se levèrent à l'unisson et étouffèrent le salopard sans qu'il puisse dire ouf. Une fois l'émotion passée, tout alla très vite, nous avions fait deux groupes un pour les hommes du pont et l'autre pour les officiers. Nos attaques devaient être coordonnées pour la plus grande surprise. J'avais briffé mes compagnons sur le fait qu'il y avait des clous à cinq pointes que les marins semaient sur le tillac la nuit et ramassaient le matin. Si un prisonnier arrivait à sortir et à marcher sur l'un d'eux pieds nus, une douleur vive lui ferait obligatoirement pousser un cri et alerterait les matelots de quart. Tous les obstacles passés, nous avions pris possession du bateau, dès lors l'équipage a subi le même sort que nous. Nous les avons enchaînés nus et transformés en esclaves pour leur montrer la cruauté de

leur geste. Ils l'ont très mal vécu, ils nous ont suppliés, certains pleuraient comme des enfants. Mais mon plan ne s'arrêtait pas là, je savais que nous allions être poursuivis par le « Wind of Freedom » et que nous n'étions pas en mesure de faire face. J'ai libéré Kervella et j'ai passé un marché avec lui. Il avait la haine, mais il comprit vite que son intérêt était de l'accepter. Alors nous nous sommes mis d'accord. Si nous venions à bout de l'Anglais, le commandant nous laisserait partir sans contraintes, avec le bateau ennemi vers Zanzibar et lui échangerait sa cargaison d'esclaves contre tous les prisonniers qu'il aurait faits. À l'heure de l'abordage, nous les avons submergés par le nombre, le combat fut intense, mais rapide, j'ai sauvé la vie de Kervella qui était en mauvaise posture. En reconnaissance, il a tenu parole et nous avons réparé le bâtiment anglais et mis voile vers chez nous. Il avait assez de détenus pour rentrer en héros sur l'île Bourbon. L'aïeul de Powell faisait partie des captifs. Quand nous sommes arrivés sur le « Wind of Freedom », ils ont tenu à ce que je prenne la cabine du capitaine qui avait péri sous ma lame. J'ai fini par accepter et en cours de navigation, j'ai remarqué par le plus grand des hasards, un défaut dans la cloison. En la démontant, j'ai découvert un trésor impressionnant (pierres précieuses, pièces en or, lingots, bijoux, colliers de perles, et une émeraude plus grosse que toutes les autres). Le fait d'avoir été dans la peau de Shaul le cambrioleur, m'a permis de rester calme et de garder mon sang-froid.

—Et comment as-tu fait, pour le cacher ?

—J'ai eu de la chance. Nous étions dans le sud de l'île quand nous avons été enveloppés par un brouillard épais, j'ai pris des repères à terre, une ligne de sonde et j'ai déposé le magot par cinquante mètres de fond environ. J'ai réparti le butin dans des sacs de jute que j'avais récupérés à la cambuse et je les ai amarrés les uns derrière les autres.

—Tu es conscient que tes besaces ont dû se désagréger, et que c'est mission impossible de retrouver des objets comme ça si petit. Déjà, c'est dur quand il y a une épave, mais là...

—Nous allons chercher. On va se donner quelques mois et si c'est une cause perdue, peu importe, j'ai envie d'y croire.

—Oui moi aussi, souligna le Pat, qui buvait tranquillement un jus de coco.

—Et ensuite, qu'est-ce qui s'est passé ?

—Nous avons repris la navigation, une fois la visibilité revenue, le bateau marchait bien et le vent était soutenu, mais nous avons été les proies d'un navire anglais qui naviguait par là. Nous avons pu nous glisser entre les récifs de Murogo et Nyange. Nous nous sommes fait détruire et nous avons eu beaucoup de morts. À la faveur de la nuit, les rescapés ont regagné la terre proche, dans les chaloupes que nous avions préparées. C'est au moment de monter dans l'une d'entre elles que j'ai été gravement blessé, j'ai perdu la vie quelques heures plus tard. Je pense que les survivants se sont dirigés vers la capitale, mais je n'en sais pas plus.

—Donc Powell ne trouvera jamais le trésor, il a investi sa fortune personnelle et celle de beaucoup de gens, pour une mission qui paraissait tellement simple.

—Quand Onika est décédé, je me suis retrouvé dans mon lit en Italie, toujours prisonnier du cardinal. J'ai décidé de me battre, et j'ai réussi à m'évader de l'hôtel particulier d'abord, et sortir du pays. La suite, tu la connais.

—Bon, en admettant que je vous crois, quel est votre plan ?

—Patrick et moi, nous allons assurer la logistique ici, Claude et Alain s'entraînent en binôme sous l'eau, Aby et Sonia gèrent tout le reste et sans elle, je ne sais pas comment nous ferions.

—Vous travaillerez avec quel genre de matériel ?

—Pour le moment, nous n'avons rien du tout, nous sommes venus pour voir ce que nous pouvons trouver sur place.

Elle les regarda, avec un air étonné…

—Vous êtes sérieux ?

—Oui, pourquoi, on a dit une connerie ?

—Vous ne vous rendez pas compte, cinquante mètres, ce n'est pas anodin, il faudra du matériel, des moyens médicaux au cas où, etc.

—Alain et Claude ont à eux deux un grand nombre de plongées, ils se sont engagés parce qu'ils pensent pouvoir le faire, je leur fais confiance.

—La seule personne qui pourrait vous aider, c'est Oscar.

Esther envoya un SMS à son ami, en lui indiquant de les rejoindre à leur nouvel hôtel et de rester le plus discret possible. En fin d'après-midi, l'ingénieur arriva. Elle lui présenta ses camarades qu'il connaissait déjà. Stan lui parla de leur projet et lui fit comprendre qu'il serait le bienvenu. Oscar paru enthousiaste à l'idée de leur donner un coup de main et de quitter les Anglais avec qui, il n'avait aucune affinité.

—Je pensais démissionner, mais j'ai peut-être une solution qui pourrait vous arranger.

Il leur expliqua que la mission Powell était très mal gérée et que comme l'argent des sponsors coulait à flot, les dépenses n'étaient pas vraiment soumises à des contrôles drastiques. Il y avait trop d'intervenants et finalement il ne savait pas vraiment à qui rendre des comptes. La consigne était : tu t'occupes du matériel, on ne doit manquer de rien et tout doit fonctionner. Quand il avait voulu poser des questions sur le budget qui lui était alloué, un des associés lui avait donné carte blanche en argumentant que le trésor et les retombées médiatiques couvriraient les quelques milliers d'euros qu'il débourserait. Ensuite, il s'était retrouvé seul dans un hangar du côté de Londres. C'est avec la complicité d'Esther qu'il avait fait une liste de tout ce dont il pensait avoir besoin.

—Les papiers des douanes seront prêts dans deux jours, je vais pouvoir récupérer tout ce qu'il y a dans les conteneurs. J'ai triplé pas mal d'attirails et j'en ai loué une bonne partie. J'ai un accord avec mon fournisseur qui reprend le stock à la fin de la mission. Je vais pouvoir équiper vos deux plongeurs et j'ai toute une dotation prévue pour Esther.

—Ça nous intéresse, bienvenue dans l'équipe. Quelles sont tes conditions ?

—Je voudrais l'équivalence des modalités de mon contrat actuel.

—D'accord, nous regarderons ça, mais ça ne devrait pas poser de problèmes. Et toi Esther nous suis-tu ?

—Oui, j'ai bien envie de tenter l'aventure. J'aimerais garder les mêmes avantages que ceux que j'ai négociés avec les Anglais, que l'on retrouve ou non le butin.

—OK, je vous nourris, je vous loge et je vous verse un salaire chaque fin de mois, à partir d'aujourd'hui. Je vais voir avec Sonia comment faire pour vous engager dans l'association. Oscar quel est ton plan ?

—Tout d'abord, je vais faire profil bas, je resterai chez

la concurrence jusqu'à ce que vous commenciez vos fouilles, pour ne pas éveiller de soupçons. J'ai réservé quatre petits camions avec chauffeur dans une agence de la capitale pour transférer le matos dans un hangar près du site de plongée. Vous allez louer exactement le même camion, et vous vous glisserez derrière la colonne, quand ça sera votre tour, nous chargerons un max d'affaires et vous disparaîtrez dans la nature. Powell est parti pour une semaine en Tanzanie pour faire la promotion de ses recherches. Une grande partie de l'équipe le suit, les autres resteront à l'hôtel dans une salle où ils ont installé tout le coin communication. Normalement, nous serons tranquilles pour faire notre petit braquage.

—Une chose m'intrigue, pourquoi les Zanzibarites ne vont pas repêcher le trésor eux-mêmes ?

—Il n'est pas question de butin. Officiellement, la mission consiste à remonter les vestiges d'un bâtiment anglais. Ils l'offriront aux habitants de l'île afin de leur montrer la fraternité entre les deux pays, même si par le passé, ce n'était pas le cas. Une fois le magot récupéré, ils vont prétexter que le navire est en trop mauvais état, s'ils le peuvent ils sortiront la figure de proue et quelques canons et le tour sera joué.

Le soir, ils firent une vidéoconférence, sur la ligne de l'ami d'Alain. Ils avaient toujours en tête la menace italienne. Stan fit les présentations, il leur expliqua les dernières péripéties et la rencontre avec leurs deux nouveaux partenaires qui allaient intégrer l'équipe, et des conditions. Ensuite, il leur parla des qualités qu'ils pouvaient apporter au projet, en raison de leurs connaissances. À Marseille, tout le monde donna son accord sans poser de questions. En concertation avec Esther, Stan avait décidé qu'elle retournerait s'entraîner avec Claude et Alain, le temps pour eux de mettre tout en place. Pour deux raisons, la première l'éloigner de Powell et la deuxième, pour instruire ses amis, sur les bases de la recherche archéologique. Ils quittèrent le groupe et Aby resta un petit peu avec Stanislas. Elle lui manquait énormément et il avait hâte, de lui faire découvrir Stone town « la ville de pierres » elle lui raconta le quotidien à Callelongue et toutes les avancées qu'elles avaient faites avec Sonia. Elle avait monté un faux site, avec des adresses, des références bidons et des images retouchées, de sorte que personne ne pouvait contacter l'association. Stan lui demanda si financièrement tout allait bien, il la vit sourire.

—Ne t'inquiète pas avec ça, Sonia assure et en plus, tu as déposé une très grosse somme...

Ils se quittèrent, et Stan retourna dans un petit salon où les attendaient ses trois amis.

—Je vais vous laisser, nous communiquerons par SMS, vous avez mon numéro. Je regagne mon hôtel discrètement, si on se croise en ville, on fait comme si on ne se connaissait pas. Si quelqu'un vous arrête avec le camion, dites que vous faites partie de la mission et donnez mes coordonnées, je confirmerai. Sur ce, bonne soirée.

Ils le regardèrent partir, Esther demanda pourquoi il n'avait pas évoqué la réincarnation. Patrick lui répondit que pour le moment, moins il y aurait de personnes au courant, mieux ça serait, il lui expliquerait plus tard. Patrick interpella Stan.

—Je peux te parler ?

—Oh ! toi je n'aime pas quand tu commences une phrase comme ça..., je t'écoute.

—J'ai rendu ma piaule, je vais dormir chez Esther, par souci de sécurité.

Stan gloussa, Pat lui fit un petit sourire dont il avait le

secret...

—Bonne nuit, parfois j'ai un peu peur moi aussi, tu penses que je peux compter sur toi ?

Les deux amis se bidonnèrent et se quittèrent dans les escaliers. Quand il rentra dans la chambre, Esther sortait de la douche, elle était en peignoir, une serviette sur la tête, même comme ça elle était magnifique. Il s'enferma dans la salle de bains pour se laver à son tour. Vingt minutes plus tard, en refermant la porte, il s'aperçut qu'elle avait enfilé une nuisette pour dormir et qu'elle avait lâché ses cheveux bruns qui lui arrivaient jusqu'aux épaules. Sa peau mate l'attira comme un aimant. Il entra dans le lit et n'eut pas le temps d'ouvrir la bouche qu'elle posa délicatement sa joue sur son torse. Il passa son bras autour d'elle et la serra contre lui. Son parfum éveilla en lui un désir charnel, mais il se maîtrisa. Ils discutèrent pendant des heures de l'aventure qui les attendait, de son retour en France, de leurs envies communes. Ils étaient sur la même longueur d'onde. Elle l'embrassa la première et ils firent l'amour, tendrement, longuement et ils s'endormirent au petit matin. Le lendemain, Esther prit un taxi pour rejoindre l'aéroport, ils ne se cachèrent pas pour s'étreindre devant Stan qui eut l'air un petit peu surpris. En rigolant

—Eh bien, ne vous gênez pas !

Il était vraiment heureux, son pote méritait une fille de cette trempe.

Elle s'approcha de lui et le serra dans ses bras et lui fit un bisou sur la joue, en lui disant à bientôt Stanislas. Ils n'avaient pas souhaité l'accompagner, car ils ne voulaient pas être vus ensemble pour le moment. La mission du jour, trouver un bateau. Avant de partir, elle leur avait décrit le navire idéal pour ce genre de recherches.

Ils se dirigèrent vers le port de commerce, en quête d'un bateau avec des aménagements pour dormir, de quoi cuisiner et un pont large pour accueillir tout le matériel. Elle avait précisé aussi de s'assurer que les plongeurs puissent monter et descendre facilement à la mer. Bien sûr, une bonne autonomie en gazole et en eau était obligatoire pour pouvoir rester sur zone plusieurs jours. Pour le moment, ils n'avaient pas trop la pression, car c'est Oscar qui viendrait voir s'ils trouvaient la perle rare.

Chapitre quatre

Babylone

En arrivant à l'aéroport, son regard se posa sur une jolie fille qui semblait frigorifiée, il faisait pourtant beau, mais le mistral n'avait pas dit son dernier mot. Elle cherchait un pull dans son sac quand Sonia l'interpella. Le courant passa immédiatement entre elles, c'est comme si elles s'étaient toujours connues, une magie qui opère de temps en temps. En rentrant sur Callelongue, ils longèrent les ports où les ferries amarraient le long des quais, attendaient leurs heures pour prendre la mer en direction de l'île de beauté. Esther était heureuse de revenir dans la cité phocéenne qu'elle connaissait bien. Toute l'équipe était impatiente de la rencontrer et son accueil fut chaleureux. Elle s'installa avec Aby, dans la deuxième chambre du cabanon et plus tard, ils se réunirent pour faire le point sur ce qu'ils allaient faire. Esther leur parla du centre Camille Jullian, ainsi que de ses compétences en plongée et en archéologie. Elle s'attendait à des réticences de la part d'Alain et de Claude, car elle était plus jeune que ces deux baroudeurs. Mais, à sa grande surprise, ce fut le contraire, ils lui annoncèrent qu'ils seraient heureux de lui laisser les rênes, étant donné qu'elle était la plus expérimentée dans les deux domaines. Elle pensa à Stan, il ne lui avait pas menti sur les qualités de ses amis. Claude avait été moniteur, il avait fait des plongées profondes, mais seulement par loisir Alain était dans la même situation que lui et ne connaissait pas le travail en immersion. Elle leur expliqua que dès le demain, elle leur concocterait un entraînement poussé pour arriver à Zanzibar dans les meilleures conditions. Ils passèrent le reste de la soirée à se raconter leurs différentes expériences et ils furent un peu surpris que malgré sa jeunesse, elle n'eut rien à leur envier. Elle avait un sacré palmarès comme ils avaient pu le constater. Le matin suivant, ils embarquèrent dans la Méhari de Jeannot, pour le centre Camille Jullian.

Elle tenait à leur présenter Jean-Louis, son prof de plongée qui lui avait tout appris. L'ancien avait travaillé sur toutes les mers du monde, après avoir quitté les plongeurs-démineurs où il avait fait carrière, il avait accepté le poste de directeur du pôle entraînement. Esther était sa protégée, ils avaient développé une amitié commune et Jean-Louis était toujours heureux quand elle venait le saluer. Elle lui expliqua le but de sa visite et lui demanda s'il pouvait aider Claude et Alain, à se familiariser avec le fameux cordon ombilical.

— Tu as de la chance, à partir de cet après-midi, le centre sera vide et les prochains élèves arriveront à la fin du mois.

—Super ! nous commencerons quand tu le voudras.

Jean-Louis leur proposa de le suivre dans son bureau. Il leur posa des questions sur leurs compétences, Esther sentit que les trois bonshommes étaient sur la même longueur d'onde.

— Pour réussir une plongée technique, avec un travail spécifique, il faut la préparer en amont. Quatre-vingts pour cent de la mission s'effectue à la surface avant la descente elle-même. Rien ne doit être laissé au hasard, l'organisation est primordiale et tout le monde doit parler le même langage. Il faut un responsable qui prendra les décisions en concertation avec son équipe, mais c'est lui qui aura le dernier mot. Esther lui fit la liste de tout ce que Oscar avait promis de leur fournir.

Ils discutèrent pendant une heure et demie, les questions étaient pertinentes. Jean-Louis répondait sans hésitation, ses connaissances impressionnaient son auditoire qui l'écoutait religieusement. Il leur présenta le matériel, et leur expliqua tout le mode de fonctionnement.

Le cordon ombilical était constitué de plusieurs tuyaux souples de couleurs différentes pour l'air, la lumière, la caméra et la communication. L'avantage de ce système, c'est qu'un homme ou une femme puisse travailler seul, en restant au contact de la surface. Il ouvrit une caisse et leur sortit le fameux Kirby Morgan, la Rolls du casque de plongée. Ils établirent un programme d'entraînement, et se donnèrent rendez-vous le lendemain.

Pendant ce temps-là...

L'impossible se produisit à Zanzibar. Alors qu'ils marchaient le long du quai, Patrick reconnut tout de suite la silhouette du molosse qui l'avait poursuivi dans les rues de Toulon et qui lui avait flanqué un sérieux coup de poing. Stan se campa devant lui.

—Comment nous as-tu retrouvés ?

Guy l'ex-militaire fut encore plus surpris qu'eux et leva les deux paumes de ses mains en l'air, en signe de reddition.

—Attendez les gars, je ne travaille plus pour l'évêque, notre rencontre est un pur hasard.

—Pourquoi te croirait-on ?

—Écoute, Moses et moi, nous n'avions pas conscience de ce qui se passait quand on livrait des personnes à l'homme d'Église. En allant sur place, nous avons compris qu'il n'y avait rien de bon, alors nous avons décidé d'arrêter, l'Américain est retourné chez lui et moi j'ai trouvé un job en Tanzanie.

—Qu'est-ce que tu fais ?

—Je transporte les gardes forestiers sur le parc national de Tarangire, ils recherchent tout le temps des pilotes d'hélico. J'attends un visa de travail.

—Tu ne vas pas nous balancer ?

—Non, fini tout ça, maintenant, je veux vivre peinard. Je vais même vous aider pour m'excuser de tout le mal que je vous ai fait ! Venez, je vous paye un verre.

Un peu méfiants, ils lui firent confiance et lui emboîtèrent le pas. Guy leur expliqua que Moses avait localisé le garçon qui fournissait des infos en Italie depuis Paris. Ils avaient déduit que le pauvre bougre n'avait aucune idée de ce qui se passait et qu'il était manipulé par l'évêque. Stan pensa tout de suite que ce garçon pourrait lui rendre service, et qu'il devrait lui proposer de changer de camp.

— Peux-tu me donner son adresse et son nom ?

—Oui, sans problème.

Il envoya un mail à Moses qui lui répondu très rapidement.

—Une chose m'intrigue, qu'est-ce que vous faite ici ?

—Peu importe, dis-toi juste que tu ne nous as jamais vus.

—OK.

Il tendit la main à Stan :

—Sans rancune !

Stan lui serra la main, et prit les coordonnées du geek parisien. Guy lui donna son propre numéro de téléphone, en lui disant que si un jour il avait besoin d'aide, il pouvait l'appeler. Il se leva et partit vers la ville.

—Tu crois que nous pouvons avoir confiance ?

—J'ai envie de penser positivement, mais restons quand même sur nos gardes. Pour le moment, ils avaient rendez-vous avec Oscar.

Ils montèrent dans le camion de location et se faufilèrent

discrètement, derrière les quatre véhicules que l'ingénieur avait réservés. Près du conteneur, l'attente dura une heure, mais ça en valait la peine.

Il y avait là tout ce dont ils avaient besoin, Oscar ne leur avait pas menti, la liste qu'il avait faite à Esther était sous leurs yeux. Patrick n'en revenait pas.

—Tu es sûr qu'on se servira de tout ça ?

—Charge ! je t'expliquerai plus tard le fonctionnement et l'usage de tout ce matériel, mais crois-moi, tout ça va nous être utile.

En plus de l'attirail de plongée, il y avait des outils. Un compresseur, une suceuse, le filin pour quadriller la zone de recherche. Oscar leur détailla au fur et à mesure l'intérêt des équipements, une chaise de palier de décompression, une petite cage en inox démontable pour descendre les bouteilles supplémentaires et trois biberons de 6 l. Il continua avec un kit médical, quatre ou cinq tourets de boute de diamètre différent, de l'accastillage de toutes sortes. Et pour finir, le nec plus ultra, le détecteur de métaux Excalibur 2 de chez Minelab. Oscar garantissait ses performances jusqu'à soixante-dix mètres.

—Tu es sûr qu'ils ne vont se rendre compte de rien ?

—Je rapatrierai le matériel moi-même quand on aura terminé, j'ai envoyé un mail à mon fournisseur pour le prévenir. Ce n'est pas du vol, c'est juste un emprunt.

—Oscar, merci ! Sans toi, ça aurait été compliqué. On se contacte dans deux ou trois jours quand on aura établi notre camp de base dans le sud de l'île.

Ils avaient pris toutes leurs affaires et s'engagèrent sur la route qui les mènerait à Kizimkazi. Ils furent surpris, car l'infrastructure était de bonne qualité.

Pour eux, ce fut un moment intense, ils étaient comme deux potes en vacances et profitaient du décor verdoyant et fourni que leur offraient le paysage. Les maisons de toutes les couleurs, les animaux qui traversaient tranquillement la nationale, à l'abord des villages, leur rappelaient les reportages qu'ils aimaient regarder à la télé. Les gens souriants à vélos et la chaleur qu'ils appréciaient tant, les comblaient de bonheur. En arrivant deux heures plus tard dans le village de Kizimkazi, ils s'arrêtèrent pour manger. La patronne leur expliqua qu'à une bonne demi-heure d'ici, il trouverait un hameau avec des bungalows à louer. Ils devaient reprendre la route de Mahunduchi, suivre la direction de Mzambaraunie et longer la mer jusqu'à un chemin de terre. Une heure s'écoula et ils découvrirent l'endroit idéal, une trentaine d'habitations sur un terrain vaste que bordait une plage de sable blanc, aux abords d'une eau turquoise. Impossible d'avancer plus loin avec le camion, ils descendirent et partirent à la recherche de quelqu'un qui pourrait les renseigner. Une vieille dame s'approcha, Stan la salua et s'exprima en swahili. Il lui expliqua qu'il aimerait louer quatre bungalows, pour plusieurs mois et un petit entrepôt pour tout leur matériel. La femme les mena chez l'homme qui semblait être le propriétaire. Ils entamèrent des palabres interminables et Stan obtint ce qu'il voulait, un hangar spacieux et fermé à clé, même si dans ce village ce n'était pas nécessaire. Les logements étaient simples, mais il y avait toutes les commodités. Le prix défiait toute concurrence, Stan paya deux mois d'avance. Ils laissèrent leur véhicule sur le bord de la route, prirent possession de leur bungalow respectif, et quelques temps plus tard, ils nageaient dans une mer à 25 degrés. Le lendemain, ils transférèrent leur matos dans l'appentis. Tous les enfants et les ados du coin étaient autour d'eux, Patrick en profita pour leur demander un petit coup de main. Un des plus vieux approcha avec une charrette tirée par un âne et l'affaire fut vite réglée. Ils retournèrent voir l'ancien du village, pour lui dire qu'ils s'absenteraient un moment, car il devait trouver un bateau pour faire leurs photos sous-marines et ramener le camion. Ils reprirent la route pour la cité de pierres. Ils arrivèrent tard et poussèrent la porte de l'hôtel où ils avaient séjourné plus tôt. Après une bonne nuit de sommeil, les recherches pourraient commencer.

Du côté de Marseille...

Les quatre amis couraient dans la calanque de Luminy (pour être bien dans sa tête, il fallait être bien dans son corps disait Jean-Louis). Tous les matins footing, cours de yoga prodigué par Esther, repas léger et ensuite une petite sieste avant un après-midi d'entraînement. Les premiers jours, ils furent surpris, mais le prof leur enseigna la base dans deux mètres d'eau. Il était crucial de connaître son équipement, mais il fallait se familiariser avec les deux valises posées sur une table au bord du bassin. La première alimentait l'écran pour la caméra et le projecteur, la deuxième plus grosse était dédiée à la communication, l'air, le pneumomètre pour enregistrer les différentes profondeurs et les transmettre au plongeur en temps réel. Abygael et Sonia faisaient partie de l'équipe, à ce titre elles furent formées pour utiliser le matériel de surface. L'ancien leur avait confié deux tâches importantes. Elles devenaient servantes habillage et cordon, le but étant de vérifier la tenue de celui qui s'immergerait et de s'assurer que l'ombilical ne se coince nulle part. Tour à tour, les cinq élèves passaient à la table, sous le contrôle de Jean-Louis. Une semaine plus tard, tout le matériel fut chargé sur le bateau du centre d'entraînement. Très vite, ils se rendirent compte que la place sur le navire était importante, et que la rigueur devait être privilégiée.

Jean-Louis leur avait fait des check-lists pour diminuer le risque d'imprévus. Il avait refusé la proposition de partir avec eux, car son boulot était intéressant, et qu'il retapait un voilier pour faire quelques petites balades en méditerranée. Tout fut passé en revue, la semaine complète, ils travaillèrent par quinze mètres de fond. Le prof simulait des pannes en tous genres, le servant valise du moment et le directeur de plongée devait prendre des décisions rapides et efficaces. Ils eurent tous droit à la coupure d'arrivée d'air et durent employer le biberon de 6 litres pour remonter à la surface. Ils étaient convenus que quand il y aurait un gars immergé, un binôme serait équipé prêt à porter secours en cas de problème. La semaine suivante, ils commencèrent des descentes de plus en plus profondes, pour atteindre les cinquante mètres. Ils avaient estimé que pour la sécurité, le temps maximum sous l'eau ne dépasserait pas trente minutes. Le briefing durait au moins vingt minutes pour être sûr que rien ne soit laissé au hasard et que tous parlent le même langage. Les procédures de secours avaient été scrupuleusement apprises et Jean-Louis était fier de ses élèves. La dernière semaine il leur enseigna les méthodes de travail avec une suceuse et le quadrillage d'une zone de recherche. Ils passèrent beaucoup de temps à améliorer les communications. Jean-Louis avait apporté une bouteille de champagne pour fêter la fin des cours, il fut ému quand Esther lui offrit, au nom de l'équipe, un joli barographe en acajou, pour son voilier. La soirée commença tranquillement, par un bon repas au resto la Grotte, et termina vers cinq heures du matin chez Abygael et Esther. Le jour d'avant, il y avait du nouveau à Zanzibar. Par le plus grand des hasards, les deux camarades qui avaient recherché sans relâche une embarcation, rencontrèrent un touriste canadien qui leur parla d'un bateau de plongée. Il venait chaque année, mais l'activité s'était arrêtée à la suite du décès du propriétaire. Sans hésiter, ils s'étaient rendus sur place pour voir s'il pourrait convenir aux demandes d'Esther. Une pancarte à vendre attira leur intention, un jeune homme les invita à monter à bord. Stan engagea la conversation dans la langue locale. Il s'agissait du fils du gars qui avait été terrassé par une crise cardiaque. Il leur expliqua que son père avait gagné sa vie sur les plates-formes pétrolières comme scaphandrier et qu'il avait retapé le navire en le dotant d'un moteur neuf. Il avait installé un compresseur pour gonfler les bouteilles sur place, afin d'en faire un bateau de plongée. Pour le moment, il faisait face avec sa mère aux factures qui s'étaient accumulées, notamment celle du charpentier de marine qui avait changé deux bordés et refait le gouvernail. Il y avait aussi les différentes taxes réclamées par la ville et le crédit souscrit quelques années plus tôt. Il était sur le pont d'un ancien senneur de dix-sept mètres construit à Oran en mille neuf cent soixante-trois. Utilisé pour la pêche à la sardine, il avait servi longtemps pour faire de la contrebande, et avait atterri à Zanzibar dans des conditions rocambolesques. L'histoire du canote leur plut tout de suite. Stan avait peut-être la solution.

—Tu sais piloter le bateau ?

—La première fois que je suis monté à bord, j'avais neuf ans. Mon vieux m'a tout appris, la mécanique, la navigation, la plongée, j'étais son bras droit et je devais reprendre l'activité quand il aurait eu envie d'arrêter.

—Écoute, si tu es d'accord, nous revenons demain avec un collègue qui s'y connaît mieux que nous et qui pourra nous dire si le navire correspond à notre mission.

—Que voulez-vous faire ?

—C'est un peu compliqué, si nous faisons affaire, je t'expliquerai tout.

Stan savait que c'était ce qu'il leur faudrait, mais il voulait l'approbation d'Oscar. Le lendemain, après une expertise, de plus de trois heures, l'ingénieur sortit de la cale avec un grand sourire.

—C'est exactement ce qu'il nous faut.

Stan et Patrick se regardèrent avec soulagement, ils souhaitaient vraiment que ça marche, car ils se sentaient bien sur ce rafiot. Bakari les conduit à la rencontre de sa maman, Stanislas entama les négociations. Les impayés de la famille s'élevaient à vingt mille euros, alors il leur proposa de solder la dette, de louer le bateau pour six mois et de prendre Bakari comme capitaine en lui versant un salaire mensuel. Une demi-heure plus tard, la mère et Stanislas se serrèrent la main. Les deux potes rentrèrent à l'hôtel avec l'intention de fêter l'événement, ils téléphonèrent à la grotte où Aby et toute l'équipe célébraient la fin des cours de plongée. Ils furent enchantés quand ils virent les photos du magnifique outil de travail que leur avaient dégoté les deux compères, et il y eut une explosion de joie au moment où Patrick leur donna le feu vert pour venir les rejoindre à Zanzibar. Le lendemain matin, Stan prenait son petit déjeuner avec Patrick, quand il reçut un message d'Alain lui indiquant que toute l'équipe serait avec eux dans une huitaine de jours. Il y avait encore pas mal de choses à gérer. Il devait aller solder les différentes dettes de la famille de Bakari, préparer le navire pour descendre en face de leur village qu'il avait surnommé «Babylone», car pour eux c'était un lieu idyllique. La semaine défila à une vitesse vertigineuse, ils avaient ravitaillé en vivre, en eau douce et en gazole. Bakari s'était occupé de toute la partie mécanique et il avait ajouté cent mètres de chaîne, sur le mouillage du bateau, pour pouvoir s'ancrer dans cinquante mètres de fonds. Le Neptun Suecia était prêt pour de nouvelles aventures.

Le samedi matin, Patrick et Stan attendaient à l'aéroport l'avion de dix heures en provenance de France, ils étaient impatients de retrouver leurs amis et plus particulièrement leurs copines respectives. Ce fut une effusion de joie quand ceux-ci passèrent la douane, ils se prirent dans les bras des uns et des autres. Après avoir récupéré une montagne de bagages, ils sortirent pour rejoindre les deux fourgonnettes que Stan et Pat avaient louées. Aby s'installa avec Stanislas dans la première où ils avaient chargé les malles, les valises et les sacs. Le reste de la troupe monta avec Patrick dans celle qui avait neuf places. Ils étaient convenus d'aller directement au bateau, Bakari et sa mère avaient préparé un petit buffet avec des spécialités de la région et des boissons fraîches. Les nouveaux arrivants tombèrent sous le charme du Neptun Suecia. Esther les félicita, c'était le navire parfait pour leur mission. Stanislas leur proposa, s'ils étaient d'accord, de passer deux jours à Zanzibar pour visiter la ville et ensuite prendre la route vers Babylone, pour leur présenter leur nouvelle demeure. Ils s'étaient donnés six mois, d'après Esther, il y avait peu de chance de mettre la main sur le butin, avec les informations approximatives qu'ils possédaient. Pour le moment, ils fêtaient leurs retrouvailles, Stan regardait Abygael parler et sourire, il aurait voulu être seul avec elle, il avait tellement de choses à lui dire. Bakari leur fit la visite complète du navire, tout le monde souhaitait faire partie du convoyage vers le sud de l'île. Ils saluèrent la maman de Bakari et prirent la direction de l'hôtel, ce n'est que tard dans la nuit que chacun regagna sa chambre respective. Stan et Aby discutèrent longuement de toutes les péripéties qu'ils avaient connues durant leur séparation. Stanislas attira Abygael contre lui doucement, et ils firent l'amour tendrement. À leur réveil, le soleil brillait déjà depuis plusieurs heures, quand ils arrivèrent à la réception, il y avait un mot pour eux, leur indiquant que leurs amis étaient partis en balade. Stan prit Aby par la main pour lui faire découvrir la beauté et les curiosités de la ville de pierres. Les deux jours s'écoulèrent rapidement, Esther était contente de ne pas avoir croisé son agresseur, et le groupe faisait route vers Babylone. Bakari était du voyage, car il voulait voir la plage où il allait mener son bateau. Par chance, il y avait un coffre appartenant à la marine et délaissé depuis quelques années, à huit-cent mètres du bord. Il était constitué, par trois lignes de chaînes, pourvues chacune de deux ancres de six tonnes. Le caisson métallique pour amarrer les navires finissait de relier l'ensemble, à l'aide d'une chaîne passant par le milieu de celui-ci et se fixant aux trois autres, grâce à une pièce d'inox. Même par fort coup de vent, le poids et l'ancrage du système étaient parfaits pour la sécurité du Neptun Suecia. Le chef du village leur donna l'autorisation de s'en servir durant tout le temps nécessaire. La troupe étaient aux anges, « Babylone » était le nom qui convenait exactement à cet endroit paradisiaque. Ils prirent possession de leur bungalow respectif, Bakari s'installa dans le dernier resté vide, c'était celui d'Oscar l'ingénieur qui devait les rejoindre sous peu. La journée fut consacrée à la baignade, l'aménagement des habitations, et une longue balade pour visiter les alentours. Le dîner fut l'occasion de parler sérieusement de la mission, Stan en concertation avec Esther avait établi un plan de travail, l'idée étant de plonger la semaine et de se reposer les week-ends. Pour le moment, il fallait remonter à Stone town, afin de rendre les fourgons et de convoyer le Neptun Suecia vers le sud. Quand il demanda si tout le monde voulait venir, ce fut un oui enthousiasme, le départ fut programmé pour sept heures le lendemain, ils avaient deux heures de route. Stan invita Bakari à s'asseoir à côté de lui, il lui devait une explication franche.

Il suivait Patrick, il entama la conversation en swahili.

—Sais-tu pourquoi nous sommes là ?

— Je pense que vous cherchez quelque chose qui a de la valeur.

—As-tu déjà entendu parler du Wind of Freedom ?

—Bien sûr nous avons une légende qui fait le récit d'Onika l'esclave qui a libéré ses compagnons d'infortune, et qui a pris de force ce bateau à l'Anglais, après les avoir tous massacrés.

Stan dut déglutir, il ne pouvait pas lui raconter la vraie histoire, alors il improvisa.

—En fait, tout n'est pas faux dans cette légende, sauf que tous les Anglais n'ont pas été tués et qu'Onika était non violent à la base. Nous avons des informations qui nous font penser que quelqu'un aurait balancé par-dessus bord quatre sacs contenant des bijoux, de l'or, et des pierres précieuses.

— À quel endroit ?

—C'est pour ça que tu es avec moi dans ce fourgon, je veux être sûr que tu as vraiment envie de faire partie de l'équipe et que je peux compter sur ton aide.

—Tu nous as sauvé ma mère et moi, grâce à toi j'ai un travail et un salaire, tu loues mon bateau que tu aurais sûrement pu acheter. Je serais toujours loyal envers toi, tu as ma parole.

—Je te remercie, si on trouve le trésor tu seras largement récompensé, tu peux me faire confiance. Le Wind of Freedom s'est arrêté au large de Babylone, car un épais brouillard l'empêchait de naviguer, c'est à ce moment-là que les sacs ont été jetés par-dessus bord. Nous n'avons pas plus de détail hormis le fait que nous savons que le bateau était sur la ligne de sonde des

cinquante mètres.

—Excuse-moi Stan, mais ça équivaut à rechercher une aiguille dans une meule de foin.

—C'est marrant, tu n'es pas le premier à me dire ça !

Bakari lui tendit la main avec un grand sourire, Stan la serra énergiquement en éclatant de rire. Une nouvelle amitié était en train de se forger. La capitale étant à trente-cinq milles nautiques de Babylone, Bakari avait estimé le temps de navigation à sept heures. Le navire quitta le quai où il était amarré vers onze heures. La descente devait emprunter la même route que les ferries qui se rendaient à Dar es-Salaam sur la côte africaine, et bifurquaient vers le sud de l'île. Le bateau n'était pas très bruyant, le moteur était bien isolé. Sonia et Aby négocièrent avec Bakari des cours de navigation et de mécanique contre des leçons de français, le jeune homme était ravi. Le Neptun glissait sur l'eau et le capitaine demanda à Claude s'il voulait bien barrer, pour pouvoir montrer à Stan le parcours qu'ils allaient effectuer. D'abord, ils passeraient au large de l'île de Pang et Nyang sur tribord, et ensuite, ils laisseraient les îles de Chumbe, Kwale et Pungume sur bâbord pour finir sur Babylone. Tous ces noms évoquèrent des souvenirs douloureux, dans l'esprit de Stanislas et il revu les visages de ceux qui avaient vécu l'enfer quand il était dans la peau d'Onika. Le voyage fut plein de surprises, des dauphins venus jouer à l'étrave du caboteur, les poissons volants avec leur drôle de trajectoire. Ils croisèrent aussi deux tortues qui étaient remontées à la surface et quelques poissons lunes, à chaque rencontre c'était l'effervescence sur le navire, la mer était calme, c'était une croisière parfaite. Ils arrivèrent vers dix-neuf heures en face du village de bungalows, Alain et Sonia se chargèrent d'amarrer le Neptun sur le coffre à l'aide d'une aussière, pendant que

Claude et Patrick mirent l'annexe à l'eau. Bakari déposa tout le monde à terre et prit rendez-vous pour le lendemain, afin de transférer tout le matériel nécessaire à la mission, sur le bateau. Il avait décidé en accord avec Stan de dormir sur le Neptun pour la sécurité de son navire. Le matin suivant, la chasse au trésor commençait vraiment, tout ce qui était dans le hangar fut acheminé sur le Neptun. Avec son moteur de quatre-vingt-dix chevaux, le zodiac faisait des rotations rapides, Claude, Alain et Esther rangeaient de façon pratique les équipements que leur apportaient Sonia et Patrick. Il leur fallut deux heures pour tout monter à bord, ensuite ils prirent la mer. L'idée c'était de positionner le bateau de la même façon que le Wind of Freedom, quand il avait mouillé par cinquante mètres de fond, alors que Stan était dans la peau d'Onika*. Le décor n'était plus le même, il ne trouva aucun repère qui aurait pu lui servir d'indice. Esther proposa de tracer au GPS, un rectangle de vingt mètres sur cent, qu'ils matérialiseraient par un filin, pour commencer la fouille. Ils débutèrent l'opération en se calant sur le sondeur, qui leur donnait la profondeur, ils essayèrent de rester sur la ligne de sonde des cinquante mètres, une fois fini Esther rentra les coordonnées dans les GPS portables des plongeurs. Ils mangèrent un repas léger et à treize heures, Claude, Alain et Esther se mirent à l'eau. Le bateau était au mouillage. Pour cette opération, ils avaient revêtu des combinaisons de plongée normales. Comme leur avait enseigné Jean-Louis, ils avaient fait un briefing sérieux avant de s'immerger, chacun savait ce qu'il avait à faire. Le reste de l'équipe avait préparé la petite cage dans laquelle il avait déposé trois bouteilles pourvues chacune d'un détendeur en prévision du dernier palier que leurs trois amis devaient impérativement effectuer.

L'orphelin qui traversait le temps du même auteur*

La bonne visibilité était due à la clarté de l'eau, le courant étant inexistant ce jour-là, ils installèrent le filin assez facilement. Une fois fini, ils prirent conscience que la surface à fouiller était vaste. Sur le pont, l'équipage était en alerte et surveillait le moindre mouvement. Esther réapparut la première, suivie de Claude et d'Alain, ils montèrent à l'arrière du Neptune par l'échelle prévue à cet effet. Tout le monde était aux petits soins pour eux, on les laissa enlever leurs tenues de plongée, Stan et Patrick rincèrent le matériel pendant que Bakari disposait les bouteilles près du compresseur d'air pour les recharger. Aby leur apporta de quoi se désaltérer, Esther parla la première. Ils étaient tous sur le pont à l'avant du navire.

—Tout s'est bien passé et nous avons posé les délimitations du chantier à venir, sur un terrain sablonneux et assez plat. En revanche, il y a une bande de corail sur la droite à une vingtaine de mètres en direction de l'île, qui sera plus dure à fouiller. Il n'y a plus qu'à croiser les doigts.

Stan proposa de rentrer et de revenir tôt le lendemain, Bakari expliqua la procédure aux filles pour démarrer le bateau, Claude se chargea de ramener l'ancre à bord à l'aide du guindeau électrique. Deux heures plus tard, ils étaient amarrés sur le coffre. Oscar les attendait sur la plage, l'équipe l'entoura.

—Salut, ça nous fait plaisir de te voir.

—J'ai démissionné, Powell est fou de rage, les fouilles ne donnent rien, et il va avoir des comptes à rendre à ses associés, pour le moment ils ont remonté deux épées et un peu de vaisselle. Il ne fait plus la fierté de son groupe. Depuis ce qui s'est passé avec Esther, plusieurs collaborateurs sont rentrés chez eux. C'est un fiasco total.

—Oublie-le, ici on a pas mal de boulot, nous commençons la prospection demain. Le bungalow vert est ta nouvelle demeure, installe-toi tranquillement, et rejoins-nous, après on boira un coup pour ton arrivée.

Claude avait organisé un barbecue, mais vu le nombre de plongées à venir, il n'était pas question de faire la fête. La soirée se déroula calmement, la conversation principale étant la recherche du magot. Stan décida de se lever tous les matins à six heures, pour s'entraîner comme quand il était moine bouddhiste, dans une autre vie. Il commençait toujours par des assouplissements, ensuite, venait le « tao lu » des mouvements enchaînés, et il terminait par de la méditation. Aby constatait qu'il avait encore changé depuis le premier jour où elle l'avait rencontré. Il était beaucoup plus calme, à l'écoute de ses amis et des gens en général. Heureusement, il avait conservé son petit brin de folie, mais il lui avait confié une nuit, sa crainte de tout perdre et de renaître quelque part, encore une fois. Aby aimait jouer avec lui, quand elle le voyait partir, elle lui faisait un large sourire qui suffisait pour qu'il revienne lui faire l'amour, ils pouvaient rester des heures blottis l'un contre l'autre. Ils étaient devenus inséparables. Tous les mardis et vendredis, Stan donnait à ses amis des cours d'art martial, très vite Aby, Sonia et Esther devinrent accros ainsi qu'une dizaine de gosses du village. Claude n'y participait pas, il était de la vieille-école « coup de boule et balayette ». Oscar s'avéra très utile, il réparait tout ce qui tombait en panne et assurait l'entretien du matériel. Aby et Sonia commençaient à avoir des connaissances en navigation et en mécanique. Les plongées s'enchaînaient, ils avaient déplacé la zone de prospection quatre fois déjà, le détecteur de métaux n'avait émis encore aucun son, si bien que tous les jours il était testé pour voir s'il fonctionnait. Oscar était devenu directeur des opérations, c'est lui qui supervisait les scaphandriers, Stan et Patrick avaient appris à être servant valise et cordon ombilical, ce qui permettait à tout le monde d'avoir une occupation. Les journées passaient rapidement. Il y avait une bonne ambiance et l'équipe était soudée, malgré les recherches infructueuses, le moral était au beau fixe. Esther, Claude et Alain effectuaient deux plongées quotidiennes, un total de trois heures de fouille par jour. Dès le vendredi soir, Stan annonçait la relâche jusqu'au lundi, Claude et Sonia partaient de temps en temps visiter l'île, ils avaient acheté une moto et Alain sans trop dire où il allait, les quittait de plus en plus souvent. L'équipe avait décidé qu'à tour de rôle, ils remplaceraient Bakari sur le bateau, pour qu'il puisse lui aussi prendre du repos. Un dimanche matin, alors qu'ils vaquaient à leurs occupations, ils virent arriver Alain au côté d'une jolie femme dans une voiture décapotable.

—Les amis, je vous présente Yann, elle est guide pour un organisateur de voyages et elle vient à Zanzibar tous les deux mois accompagner des touristes français.

Le courant passa tout de suite, la gentillesse et le charme opérèrent sur toute l'équipe. Yann leur expliqua ce qu'elle faisait.

— Nous proposons des vacances sur mesure en Tanzanie, à des clients plutôt aisés. Ils font un safari photo de huit jours dans la savane et ils finissent ici pour se reposer, avant de reprendre l'avion pour rentrer. Je fais tous les déplacements avec eux depuis la France et je les raccompagne jusqu'à l'aéroport Charles de Gaulle.

Ils improvisèrent un repas commun, et au fil de la conversation, ils se rendirent compte qu'Alain n'avait pas dévoilé le vrai but de leur présence sur l'île. Ce n'était pas par manque de confiance envers Yann, mais il y avait toujours la menace du cardinal. À dix-sept heures, les

deux amoureux reprirent la direction de Zanzibar, à bord de la MG verte, de mille neuf cent soixante-sept, qu'Alain avait louée pour l'occasion. Toute la bande leur fit une haie d'honneur. Stan lui proposa de rester avec sa copine jusqu'à ce qu'elle parte, il accepta sans hésiter.

Chapitre cinq

Maric du Thoronet

Cette nuit-là, alors qu'il dormait à point fermé, Stan eut un choc, il sentit son corps tomber dans le vide. La sensation fut étrange, quand il ouvrit les yeux, il était sur un champ de bataille. Le souffle court, il fit un tour d'horizon et toucha sa tête, couverte par un haubert en cotte de mailles, qui descendait jusqu'aux hanches et surmonté d'un casque de fer. Il était enveloppé dans une tunique blanche, ornée de la croix rouge des Templiers et nouée à la taille par une largue ceinture. Le reste de son ensemble était composé de braies, de bandes molletières, de chaussures montantes et d'une paire de gants en cuir. Dans sa main droite, il portait une longue épée à double tranchant et à son bras gauche, il tenait un bouclier décoré de la même façon que son habit de combat. Stan comprit qu'il avait à nouveau pris possession du corps et de l'esprit d'un de ses avatars, sans que celui-ci se doute de quelle chose. Il avait déjà vécu cette vie, mais pour le moment, la confusion était telle, qu'il avait du mal à se concentrer. Il souffla longuement, se maîtrisa et s'appropria la mémoire de son hôte où il trouva tous les renseignements lui permettant d'y voir plus clair. Il était devant la forteresse de Saint-Jean-d'Acre en Israël, au mois d'avril mille deux cent quatre-vingt-onze et il s'apprêtait à livrer bataille aux Mamelouks. Il décida de creuser dans la souvenance du jeune homme de vingt-quatre ans, pour comprendre comment il était arrivé là. Il avait passé la plus grande partie de son enfance, chez les moines cisterciens, à l'abbaye du Thoronet dans le Var. L'abbé Guillaume V avait rapidement détecté les qualités intellectuelles de Maric et avait demandé aux religieux de lui porter une intention particulière. La mémoire de Stan se débloqua, il se rappela chaque détail, de la vie qu'il avait vécue quand il était Maric du Thoronet. Un jour, le père supérieur lui avoua qu'il avait été trouvé dans un

couffin aux portes du couvent, le quatre février mille deux cent soixante-sept. Les moines s'étaient réunis et lui avait donné le prénom de Maric et comme couramment à l'époque, son lieu de naissance devint son nom. Ensuite, il avait été placé dans une famille de paysans travaillant pour le monastère et à l'âge de huit ans il avait intégré l'abbaye pour étudier. Très vite, il surpassa ses petits camarades, dans toutes les matières. Dès l'âge de treize ans, il eut accès à la bibliothèque réservée aux religieux, ce privilège n'avait jamais été accordé à aucun des élèves auparavant. Les lectures qu'il y trouva, le firent voyager et découvrir les actes héroïques accomplis en Terre sainte, l'enfant qu'il était commençait à rêver d'aventures. À quatorze ans, il fit la demande à Guillaume V pour devenir postulant, enfin embrasser la vie de moine. Pendant huit mois, il partagea le quotidien de la communauté, ce qui renforça son envie de donner son âme à Dieu. Le doyen et ses conseillers se mirent d'accord pour l'accepter au sein de l'abbaye comme novice, il reçut l'habit monastique et s'intégra encore plus dans la confrérie. Un an plus tard, il prononça ses vœux temporaires, et étudia la règle de saint Benoît et ses soixante-treize chapitres qui déclinent la vie des moines jour après jour. À dix-neuf ans, vinrent les vœux solennels, le père supérieur était fier d'avoir ce garçon érudit parmi les siens. Depuis ses dix-sept ans déjà, Maric était copiste au scriptorium de l'abbaye, il rêvait toujours de voyages et commençait à se trouver à l'étroit dans le cloître. De temps en temps, l'abbé l'envoyait en mission, pour contrôler l'activité des pêcheurs et superviser la production de sel. Les frères convers de Hyères assuraient ces tâches au nom du monastère, qui en contrepartie, les nourrissait, les logeait et les protégeait. Pour lui, c'était une bouffée d'oxygène, face à la mer, il s'imaginait des contrées lointaines où il pourrait vivre des aventures trépidantes.

Un jour de l'année mille deux cent quatre-vingt-neuf, un événement changea le cours de sa vie. Alors qu'il se rendait à l'office de neuf heures, il croisa le père supérieur en compagnie d'un individu dont les épaules étaient couvertes par une cape blanche, ornée de la croix des Templiers. Le chevalier était missionné par Guillaume de Beaujeu, maître de l'ordre du Temple, afin de recruter des volontaires pour venir gonfler leur rang en Terre sainte. Maric fut plein d'espoir, il décida de se porter candidat, ce que le doyen vit d'un mauvais œil. Guillaume V demanda au militaire de dissuader le jeune homme pour lequel il avait d'autres projets. Très peu de religieux voulaient quitter le monastère, Maric fut le seul à se présenter. Il lui fallut une heure de discussion, avec des arguments solides, pour convaincre Guillaume V, qui lui donna son consentement en lui faisant promettre d'être prudent. Le lendemain, après avoir réuni le peu d'affaires qu'il possédait et dit au revoir aux moines, il s'approcha des portes du couvent. Le père supérieur le serra dans ses bras, Maric quitta l'abbaye partagé par plusieurs émotions, heureux de vivre une aventure, mais triste d'abandonner ses amis. Le chevalier se dirigeait à cheval vers Aix-en-Provence, il avait laissé des instructions à sa nouvelle recrue. Il devait rejoindre la maison du Temple à Toulon, cette bâtisse était située en bord de mer, rue du Temple. Il fallut quinze heures à Maric pour s'y rendre à pied, il arriva le lendemain à dix heures. Maric était déjà venu à Toulon, mais pour Stan ce fut un choc, plus rien ne ressemblait au Toulon de son époque. Il fut accueilli par un homme qui lui expliqua qu'il allait partir vers Marseille sur un bateau de commerce, qui levait l'ancre dans vingt-quatre heures. Stan prit possession du corps et de l'esprit du moine et déambula dans les ruelles de la ville provençale, en essayant de resituer les rues qu'il connaissait. Il se rendit compte que la maison du Temple était entre la rue d'Alger et la rue des Bonnetières, pas très loin de son studio. Il se promena toute la journée dans l'attente du navire qui devait le conduire dans la cité phocéenne, le lendemain. Il sentit la main douce d'Abygael qui se posa sur son torse, ce qui eut pour effet de stopper la connexion avec son avatar. Le ventilateur au-dessus du lit, brassait de l'air chaud, Stan attrapa la bouteille d'eau sur la table de nuit et but longuement, en essayant de ne pas réveiller celle avec qui il voulait vieillir tranquillement. Il repensa à Maric, il savait exactement où son double allait mourir, le pauvre garçon qui rêvait d'aventures succomba sous un coup de sabre porté avec violence par un assaillant mamelouk, au pied de la forteresse de Saint-Jean-d'Acre. Stan prit la décision de ne pas laisser Maric perdre la vie de cette façon, pour cela il lui suffisait de reprendre possession de l'esprit de son hôte avant sa mort. Il caressa le dos d'Aby qui se réveilla et lui fit un large sourire, le jour se levait à peine, ils firent l'amour avec fougue et restèrent blottis l'un contre l'autre. L'équipe avait prévu d'embarquer à huit heures, Stan demanda à Abygael de l'excuser auprès des copains, car il ne viendrait pas avec eux aujourd'hui. Il lui raconta son expérience de la nuit, sachant que dans ces moments-là, Stanislas avait besoin d'être seul, elle ne posa pas de questions et l'embrassa sur ses lèvres. Quand la porte se referma, il ne restait plus que son doux parfum. Stan ferma les persiennes, il aimait être dans l'obscurité, pour retourner dans le passé. Assis en tailleur, il inspira profondément comme s'il s'immergeait et en quelques minutes, il se reconnecta avec Maric, qui était accoudé sur la lisse d'un navire voguant vers les Terres saintes. Le mal de mer l'avait pris dès qu'il avait posé le pied sur le bateau le menant à Marseille. Son goût pour l'aventure en avait fait les frais, il n'était plus aussi sûr de vouloir découvrir le monde. Heureusement, Stanislas était un marin aguerri, il avait vécu dans la peau d'Onika le pêcheur zanzibarite. Quand il s'empara de l'esprit et du corps du jeune moine de vingt-deux ans, celui-ci passait devant les îles du Frioul, sur un vaisseau de commerce appartenant aux Templiers, appelé, le faucon. La mer était clémente, le mistral les poussait gentiment dans la bonne direction et la houle venait de l'arrière, ce qui rendait la navigation confortable. Maric était accompagné d'une centaine de recrues qui arrivaient de toute la France, mais la majorité des passagers se composait de pèlerins qui avaient acheté leur billet pour une vie nouvelle. Le commandant leur avait annoncé que Héraklion en Crète serait la prochaine escale. Le bateau mit trente-cinq heures pour rallier les bouches de Bonifacio, les plus chanceux dormaient dans un hamac, quant aux autres, ils devaient se débrouiller pour se faire une place sur un des ponts. Stan était émerveillé par la beauté de la nature, tout au long du voyage, ils avaient croisé des baleines, des dauphins, des globicéphales. Il avait tendance à oublier qu'il était dans la peau d'un moine. Une nuit, alors qu'il contemplait la lune, il entendit du bruit non loin de lui, en s'approchant, il remarqua deux marins ivres qui s'en prenaient à une jeune femme terrorisée.

—Lâchez-la immédiatement !

Les deux hommes se retournèrent en même temps :

—T'inquiètes le moinillon, quand on aura fini, tu pourras te…

Il n'eut pas le temps de terminer sa phrase, Stan lui balança un coup de pied violent à l'entrejambe. Le deuxième sortit son couteau, mais il le désarma avec une facilité surprenante et lui mit la lame sous la gorge en lui promettant de le saigner, s'il s'attaquait encore à une dame. Les deux acolytes partirent en se soutenant l'un et l'autre, le vacarme avait réveillé tous les gens alentour. Stan s'éclipsa discrètement et s'installa dans son hamac, la passagère qui l'avait suivi, vint le remercier en lui posant un baiser sur la main. Ne sachant pas trop quoi faire, il lui fit le signe de croix avec son pouce sur le front, elle parut ravie et trouva une place non loin de là, parmi les pèlerins. Une fois de plus, la sensation fut bizarre, c'est comme si Maric s'était endormi en lui laissant toutes ses capacités intellectuelles. La mémoire de Stan et de son double avaient fusionné, il se rappelait chaque détail, comme à chaque fois qu'il avait pris possession, du corps d'un de ses avatars. Jusqu'à maintenant, il avait peur de changer les choses du passé, par crainte de modifier le présent. Il y avait longuement pensé et il avait compris que quand il faisait un saut dans le temps, il donnait un sursis à ses réincarnations qui finissaient toujours par mourir. Il décida qu'en plus de sauver des gens, il allait cumuler un maximum de richesses et les cacher pour pouvoir les récupérer de nos jours. Le voilier était puissant, des bouches de Bonifacio, à Héraklion en passant par le détroit de Messine, ils mirent six jours et six nuits dans des conditions idéales de navigation. La vie à bord était rythmée par les repas du midi et du soir. Certains pèlerins avaient fait des provisions, mais la nourriture des recrues était prise en charge par l'ordre, à déjeuner ils avaient droit à un morceau de pain noir, des légumes bouillis et de la viande. Le soir, pour le dîner, les cuisiniers et leurs aides leur servaient de la soupe. Stanislas mangeait comme tout le monde, mais il ne ressentait ni la soif ni la faim. Le bateau resta deux jours en Crête. Les jeunes prétendants à devenir Templiers étaient libres de se promener à leur guise, alors Stan en profita pour visiter la cité. C'était une ville avec des échoppes à chaque coin de rue, où les gens se bousculaient dans les allées étroites. Il déambula pendant des heures et au détour d'une rue, il croisa un homme qui

avait le coup et les poignets prisonniers dans un carcan, exposé à la vue de tous. Large d'épaules, le front dégarni et les cheveux blancs, il arborait une magnifique queue de cheval, des rouflaquettes, et un anneau en or à l'oreille gauche. Malgré la mauvaise posture dans laquelle il était, il dégageait une joie de vivre. —Salut, mon frère, peux-tu m'aider ?

Stan fut surpris que le gaillard parle français, il s'approcha et se courba pour être à sa hauteur, le détenu avait les pieds entravés, il était penché en avant et sa tête était coincée entre deux planches de bois. Il n'avait pas la possibilité de bouger. Il engagea la conversation :

—Comment as-tu fait pour te retrouver dans cette situation ?

—Un vrai coup de malchance.

—Raconte !

—Je suis marin sur la « Bonne Aventure » et nous avons fait escale il y a une semaine. Je suis tombé amoureux d'une femme qui avait de quoi damner un saint, heu... excusez mon langage, mais elle était très jolie, alors je l'ai courtisée et nous avons fait... enfin vous voyez, quoi... bref. Malheureusement, son mari a débarqué, je vous promets, je ne savais pas qu'elle était mariée, sinon je n'aurais jamais... j'ai passé cinq jours en prison, mon bateau est parti et je suis comme ça depuis deux jours. Je suis condamné à être exposé pendant cinq semaines, ils me rentrent le soir et me sortent le matin, la seule possibilité d'arrêter ce cauchemar, c'est de payer six pièces d'or au cerbère qui garde la geôle.

— Je suis désolé l'ami, mais je ne peux rien pour toi, bonne chance.

Stan reprit sa route, sous le regard médusé, du détenu. Deux rues plus loin, il s'arrêta, le gars avait vraiment

l'air d'être un bon vivant, il lui faisait penser à Patrick, avant qu'il soit amoureux d'Esther, il décida de l'aider. Après tout, il avait les compétences de Shaul, un autre de ses doubles qui était spécialiste de la cambriole. Il fit demi-tour et repassa devant le gaillard et il lui fit un petit signe. Dépité, le pauvre bougre leva les yeux au ciel et secoua la tête. Stan avait un plan, il se glissa dans la foule, il était insoupçonnable en tant que moine et il commença à suivre les gens qui lui semblaient fortunés. En une heure et sans la moindre inquiétude, il soulagea une dizaine de bourgeois de leur bourse bien remplie. Il s'arrêta dans un coin et discrètement, à l'abri des regards, il compta son pécule, il avait quatre fois la somme demandée par le captif. Il revint une fois de plus devant l'homme à la queue de cheval :

—Peux-tu me dire, qui dois-je payer pour ta libération ?

—Il fit un signe avec le pouce de sa main droite, en direction de la prison de la ville.

—Ne bouge pas je reviens.

Cheveux blancs, secoua une fois de plus la tête :

—OK je ne bouge pas.

Après quelques palabres et un bakchich, le maton consentit à libérer le marin de la Bonne Aventure, ils s'empressèrent de s'éloigner et prirent la direction du port. Au moment de se quitter, Maric lui tendit une bourse, avec le reste de son larcin. Il lui expliqua qu'il était moine cistercien et qu'il avait fait vœu de pauvreté. Par conséquent, il ne pouvait pas posséder d'argent et il espérait que son nouvel ami en ferait bon usage. En la prenant, il se présenta.

—Gilbert de Brest même, viens, je t'offre à boire pour te remercier. Comment t'appelles-tu ?

—Maric du Thoronet.

Ils se serrèrent la main, le marin lui raconta comment il avait quitté sa Bretagne chérie, dans l'espoir de faire fortune. Il lui avoua aussi que le fait d'avoir défloré une jeune fille de bonne famille, dont le père n'avait pas apprécié la chose, avait un peu contribué à son envie soudaine de découvrir le monde. Le papa dépité et bourgeois notable de la région, voulait envoyer le bon Gilbert aux galères, en prétendant que celui-ci avait cambriolé sa maison. N'ayant pas la possibilité de se défendre, il n'avait eu d'autre choix, que d'embarquer sur la Bonne Aventure qui quittait Brest à ce moment-là. Il leva son verre et trinqua avec le jeune religieux. Vers dix-sept heures, Aby posa la main délicatement sur l'épaule de Stan qui ouvrit les yeux, en se levant, il lui sourit et la prit dans ses bras, comme s'il l'avait quittée depuis longtemps. Elle lui expliqua la journée de fouille qui avait était infructueuse et le traçage d'une nouvelle zone de recherche. Il lui raconta son aventure dans le passé, Abygael qui était fascinée par son don, lui conseilla d'aller voir Sonia, qui pourrait sûrement le renseigner sur les Templiers. Sonia était passionnée de littérature et d'histoire, elle avait sans nul doute, lu des ouvrages concernant cette époque. Quelques temps plus tard, Stan frappa à la porte du bungalow, Claude lui ouvrit et lui fit la bise. En entrant, il lui expliqua les raisons de son absence et son besoin de consulter Sonia pour savoir si elle pouvait lui en dire un peu plus, sur les chevaliers de l'ordre du Temple. Assis sur des fauteuils en bambou posés sur la terrasse face à la mer, les trois amis portèrent un toast à Zanzibar, comme ils avaient coutume de le faire. Stanislas fit un récit complet de son excursion dans le passé, Aby les avait rejoints. Il leur exposa son intention de profiter de ses voyages dans le temps, pour cacher des richesses dans des endroits accessibles, afin que la bande puisse les récupérer facilement.

Claude trouva l'idée géniale, Aby était partante, Sonia aussi, alors commença un vrai cours d'histoire. Sonia connaissait particulièrement bien le sujet, elle adorait lire des livres concernant cette époque. Elle leur parla des Mamelouks, de Jacques de Molay devenu le nouveau grand maître, en mille deux cent quatre-vingt-douze, quand Guillaume de Beaujeu perdit la vie à la bataille de Saint-Jean-d'Acre. Mais aussi de la fuite des pèlerins en direction de Chypre, avant que la forteresse ne tombe aux mains de l'ennemi, les questions fusaient dans tous les sens, Stan prenait des notes. Elle était intarissable, elle enchaîna avec l'énigme du fameux trésor disparu et dont la convoitise était restée intacte pour beaucoup. Elle évoqua l'abbé Saunière qui, d'après la légende, aurait trouvé le magot dans une grotte de sa région de Rennes-le-Château dans l'Aude, à la fin des années mille huit cent. Bien sûr, elle s'attarda sur la fin tragique de Jacques de Molay, brûlé sur un bûcher, et du conte populaire qui raconterait la malédiction qu'il hurla à l'encontre du roi et du pape, alors que les flammes commençaient à le dévorer. Après une pause, elle reprit son récit, sur la trahison de Philippe le Bel roi, de France, qui avait contracté des dettes colossales auprès des Templiers. Sous prétexte de pratiques contraires à la religion catholique, pendant les cérémonies d'intronisation des nouveaux membres, le souverain avait orchestré dans le plus grand secret, l'arrestation de tous les chevaliers de l'ordre. Il avait trouvé pour motif l'hérésie, mais son véritable but était de confisquer un maximum de leurs biens, et de faire disparaître son solde débiteur. Le pape Clément V avait donné son consentement et ce fut l'élimination officielle des protecteurs des pauvres. Il paraît que la coalition s'est reformée en secret. Il était deux heures du matin, le repas que Claude avait préparé, était fini depuis longtemps. Claude leva son verre :

—Il ne te reste plus qu'à mettre la main sur le trésor, avant tout le monde, et nous donner les coordonnées GPS, pour que ce soit un peu plus facile à localiser, si tu vois ce que je veux dire...

Après un éclat de rire de l'assemblée Stan enchaîna :

—Il faudrait d'abord que je trouve le fameux Jacques avant qu'il brûle…

Sonia, qui trinquait avec Aby leur précisa :

—Certains écrits stipulent qu'il était à Saint-Jean-d'Acre lors de la bataille, d'autres qu'il n'y a jamais mis les pieds, ça serait rigolo que tu le rencontres ! Embrasse-le pour moi...

Stan et Aby retournèrent un peu saoul à leur demeure, heureusement le lendemain, c'était samedi, jour de relâche. Le lendemain matin, Patrick leur proposa une balade dans les terres, accompagnés d'Esther et de Bakari, ils partirent en excursion et comme à chaque fois, ils découvrirent la splendeur de l'île. Bakari était un guide extraordinaire, il connaissait les plantes et leur utilité médicinale ou gustative, il leur faisait voir des endroits merveilleux où seuls les autochtones venaient se promener. Les autres membres de l'équipe s'étaient donnés rendez-vous, pour aider le chef du village à la construction d'un nouveau bungalow. Le soir, ils s'étaient réunis et avaient dîné tous ensemble, Sonia discutait avec Stan, elle lui donnait des détails qui lui étaient revenus sur l'époque où il allait retourner. Patrick, Esther et Alain furent mis dans la confidence des raisons pour lesquelles, Stan ne viendrait pas avec pendant quelque temps.

Chapitre six

Saint-Jean-d'Acre

Le lundi matin, une fois seul, Stan se concentra et en quelques instants il se retrouva dans la peau de son double. Les recrues attendaient sur le quai, en cette fin d'avril mille deux cent quatre-vingt-neuf. Des Templiers, en charge de leur instruction et de leur évaluation, vinrent à leur rencontre, les jeunes prétendants comprirent tout de suite que la traversée avait été leur dernier répit de tranquillité. Au pas de course, ils regagnèrent la forteresse, où un par un, ils prononcèrent les vœux religieux et devinrent membre de l'ordre du Temple. Ils venaient de s'engager à vie, ensuite, ils prirent possession de leur paillasse et de leur paquetage. Pour le moment, ils n'étaient rien, comme aimait leur préciser l'instructeur principal, qui était une vraie peau de vache et qui leur promit une année d'enfer, s'ils ne lui obéissaient pas au doigt et à l'œil. La première année était essentiellement consacrée à l'apprentissage militaire, ainsi que tous les travaux nécessaires à entretenir la commanderie. La prière rythmait leur quotidien. Ils avaient aussi perçu des armes dont ils étaient responsables ; Stan ayant vécu une vie de moine dans la peau de Wangdak, n'avait aucun mal à s'adapter. Les entraînements se succédaient, il maîtrisait tous les domaines du combat, avec ou sans armes. Un jour, l'instructeur d'escrime qui l'avait pris en grippe parce qu'il le trouvait spécial et qu'il n'arrivait pas à le cerner, voulu lui donner une leçon devant ses camarades. Il le défia à l'épée, en espérant bien le ridiculiser et le remettre à sa place. Avec une facilité déconcertante, Stan fit voler la lame de son adversaire par trois fois. Fou de rage, il renvoya toute la classe qui pouffait de rire, au cours de corps à corps où il demanda à son ami lutteur, de démolir le petit prétentieux. Le colosse moustachu allait se faire un plaisir de laver l'honneur de son frère d'armes. Torse nu, la peau parsemée de cicatrices, souvenirs de guerre, le basque le pointa du doigt. Toute l'assemblée retint son souffle. Dans un coin de l'enceinte réservé à l'apprentissage des sports de combat, et dont le sol était recouvert par un épais tapis de sable, le prof d'escrime était resté pour voir l'arrogant se faire molester par son camarade. Pieds nus, Stan s'avança sans attendre, l'enseignant lui balança une gifle avec violence. Comme si la scène se passait au ralenti, Stanislas bloqua son poignet de la main gauche, plaça la main droite sous son biceps et se servant de son énergie, l'envoya quatre mètres plus loin. Vexé, le gaillard revint à la charge, voulant percuter son adversaire comme un rugbyman. Cette fois Stan l'attrapa par les épaules, se laissa tomber à terre sur le dos, en mettant ses deux pieds sur son ventre, il donna une impulsion, ce qui eut pour effet d'éjecter le costaud loin de lui. Furibard, il courut chercher sa dague et se tourna face à Stanislas qui tranquillement prit une posture de défense.

—Ça suffit !

Cria le supérieur qui avait suivi le pugilat,

—Toi, viens avec moi.

Stan s'habilla et emboîta le pas du précepteur de la commanderie, qui gérait les affaires courantes et en référait au grand maître. Le garçon l'intriguait, il était très instruit et en même temps, c'était un combattant hors du commun, comment avait-il pu acquérir autant de connaissances à seulement vingt-deux ans. Stan lui expliqua qu'il avait eu plusieurs vies, ce qui ne fit pas rire

son supérieur.

—Nous avons besoin d'un homme comme toi, tu seras le dixième combattant de l'unité d'élite que nous avons créée, vous serez autonomes et ne répondrez qu'à mes injonctions.

Stan sentit que les événements prenaient une tournure qu'il n'avait pas envisagée. Quand il arriva dans le dortoir réservé à la compagnie, il fut bien accueilli par les Templiers qui revenaient de la prière. L'endroit était spartiate, conforme aux vœux des frères de l'ordre, leurs missions consistaient à faire des raids en terrain ennemis, afin de recueillir le maximum d'informations sur les adversaires, leurs nombres, leurs avancées et d'essayer de comprendre leur stratégie. Les semaines passèrent, à chaque fois les sorties étaient risquées, Stanislas s'était retrouvé dans des embuscades, il avait guerroyé vaillamment au côté de ses compagnons avec qui il avait forgé une amitié sans failles. Stanislas n'avait pas été blessé, d'autres n'avaient pas eu cette chance, ils avaient perdu un des leurs, dans un combat sanglant, les opposant à une vingtaine de Mamelouks survoltés. Une fois de plus, Stan était naturellement devenu le leader, c'est lui qui entraînait le commando qui commençait à se faire une réputation. Les autres Templiers aspiraient à faire partie de cette troupe d'élite. Stan était toujours assis dans son salon dans l'obscurité, en pleine méditation. Le temps s'était arrêté, il pouvait vivre une année complète de la vie de Maric, quand pour lui seulement une heure s'était écoulée. Un jour qu'il patrouillait dans le désert, en arrivant au carrefour des pendus, un endroit sinistre sur la route de Nazareth où les voleurs quittaient l'existence au bout d'une corde. Stan attrapa son arc, encocha et fit partir son trait à une vitesse fulgurante. Les frères qui l'accompagnaient ne savaient pas sur quoi il avait tiré, ils sortirent leurs épées

et se mirent sur leurs gardes. À trente-cinq mètres de là, la tête d'un homme dépassait du sable, apparemment il avait été enterré debout, ses tortionnaires avaient cru bon de le laisser souffrir au soleil sans eau. Au même moment l'individu, en mauvaise posture montrait ses dents en grognant, au lynx du désert qui avait décidé de faire un repas de cette proie facile. L'animal patientait depuis quelques temps, et s'était avancé pas à pas, vers son déjeuner. Au moment où il s'approchait, la victime entendit un sifflement et vit la flèche transpercer le cou de la bête qui mourut sous le choc. La colonne stoppa près du malheureux, Stan sauta de cheval, une calebasse à la main pour faire boire le pauvre homme. Sa surprise fut de taille, quand il reconnut le bon Gilbert, qui apparemment, s'était mis dans le pétrin, une fois de plus. Dans un premier temps, il le fit se désaltérer, ensuite, il le désensabla. Gilbert le serra dans ses bras et salua le reste de la troupe. Les guerriers s'interrogeaient, qui pouvaient bien être ce bonhomme si jovial. Stan lui demanda comment diable, il avait fait pour en arriver là.

—Tu ne me croiras jamais, quand on s'est quitté, j'ai rejoint Saint-Jean-d'Acre sur un navire de commerce. En touchant la terre sacrée et grâce au petit pécule que tu m'avais laissé, j'ai vivoté quelque temps. Un beau jour, j'ai rencontré des gens du désert avec qui j'aurais bien aimé faire du négoce. Je voulais leur racheter des produits de qualité artisanale que je désirais revendre aux pèlerins, mais je ne sais pas pourquoi, la fille du marchand qui était belle comme un ange, s'est amourachée de moi. Je ne mélange pas la bagatelle avec les affaires, j'ai été ferme, j'ai dit non, mais malheureusement la chair est faible, tu le sais bien... J'ai très vite craqué et son père, au demeurant sympathique, s'en est aperçu ; D'une part, il a cessé toute relation commerciale avec moi, d'autre part, d'après ce que j'ai compris, il espérait me voir mourir à petit feu. C'est un

petit peu la raison pour laquelle vous m'avez trouvé comme ça.

C'est la première fois que Stan entendait ses camarades rire, à gorges déployées. Gilbert avait un don, tous les gens qui l'approchaient, l'aimaient et éprouvaient la sensation de le connaître depuis longtemps, c'était un narrateur hors pair. La priorité fut de ramener Gilbert sain et sauf à la citée, Stanislas lui fit promettre de rester derrière les murs et d'éviter toute imprudence. Une année et un mois étaient passés. Mai, mille deux cent quatre-vingt-dix, Maric avait vingt-trois ans, la bataille finale allait avoir lieu dans onze mois et il n'avait toujours pas collecté d'information concernant Jacques de Molay, le futur grand maître. Stan se demandait où il pourrait cacher un butin et le récupérer facilement de nos jours. Il savait que la cité allait être détruite, donc, il décida de trouver une planque hors des murs de Saint-Jean-d'Acre, il avait une petite idée de l'endroit idéal. Stan fut appelé un matin pour accueillir un navire transportant des pèlerins. Le bateau avait la cale pleine de vivres, d'armes, de matériaux dont la commanderie avait besoin pour les différents travaux, mais surtout une cargaison d'or en provenance d'Espagne. Il y avait vingt caisses, pesant chacune cinquante kilos, Stan les fit charger sur un chariot bâché, tiré par des chevaux puissants, à la robe claire. Ils devaient partir du port et se diriger vers la citadelle des Templiers, le commando complet était présent. Après une heure de traversée de la ville, ils arrivèrent à la chambre forte fermée par une grille en fer et gardée par un frère, un peu rondouillard. Stanislas observa la pièce de trente mètres carrés sous tous les angles, pendant que ses collègues faisaient la chaîne et se passaient les lingots de mains en mains. La salle regorgeait de richesses en tous genres, car les templiers étaient les banquiers de la citée et protégeaient la fortune des commerçants. Il examina

toutes les possibilités pour y accéder, l'esprit de Shaul le cambrioleur n'était pas loin, une fois que la porte fut refermée, il demanda à son groupe de quitter les lieux. L'étonnement de Stanislas fut à son comble, quand il vit le gardien poser la clé dans un des tiroirs du bureau. L'homme était ému de discuter avec celui qu'il avait vu de ses propres yeux, ridiculiser ses instructeurs et devenir le leader du commando dont il aurait rêvé faire partie. Stanislas fit mine d'avoir soif, le surveillant s'empressa de lui servir un gobelet d'eau en lui demandant comment s'était passé la dernière patrouille dans le désert.

—La routine, nous avons pourchassé des brigands qui s'en prenaient aux pèlerins.

—Vous les avez arrêtés ?

—Oui, ils étaient cinq, maintenant ils croupissent dans les geôles de la citadelle, et vous, comment ça se passe ici ?

—Disons que c'est monotone, les relèves se font toutes les quatre heures et nous ne voyons que peu du monde, à part le jeudi quand les commerçants viennent déposer leur fortune.

La causerie dura une demi-heure, il expliqua à Stanislas tout le fonctionnement de la sécurité de la chambre forte. Stan comprit très vite que celle-ci étant au cœur de la citadelle, les responsables n'avaient pas cru nécessaire de renforcer la protection du lieu. Stan commença à échafauder un plan, mais il lui fallait un complice... la seule personne de confiance était son ami Gilbert avec qui il aimait discuter régulièrement. Celui-ci travaillait comme docker sur le port depuis plusieurs mois. Le soir même, il se mit en quête du Breton qu'il trouva dans une taverne de la vieille ville. Il était accompagné de deux jeunes femmes dont la vertu paraissait douteuse, mais ça, c'était la vie du bon Gilbert, qui tel un caméléon, se mélangeait avec toutes les couches de la population. Il fit un large sourire à son ami, en lui proposant de prendre place avec eux, le moine, un peu gêné, lui fit signe que ce n'était pas un endroit pour lui. Alors Gilbert se leva et dit aux dames qu'il en avait pour quelques minutes. Stan lui demanda de s'asseoir à côté de lui, Gilbert sentit que quelque chose allait se passer. Stanislas, pour ne pas le brusquer, lui parla de visions plutôt que de réincarnation, il lui expliqua qu'il avait vu l'invasion mamelouke au mois d'avril de l'année à venir, et qu'il faudrait probablement quitter l'île très rapidement. Il ne s'arrêta pas pour ne pas laisser à Gilbert le temps de poser des questions. Il poursuivit en rappelant à son ami que son départ serait un échec, car il se retrouverait au même point que le jour où, il mit le pied à Saint-Jean-d'Acre, sans un sou. Il lui parla de Beaujeu qui allait mourir pendant l'affrontement, d'un certain Jacques de Molay qui devrait lui succéder, mais qui serait trahi par le roi et brûlé vif. C'était beaucoup d'informations d'un coup pour le bon Gilbert qui se prépara une pipe avec de la résine de cannabis. C'était une habitude qu'il avait prise depuis qu'il était en Terre sainte, Stan reconnut immédiatement l'odeur, mais ne fit aucune allusion.

—Il y a un coffre-fort dans la citadelle, quand on va évacuer tout le monde, je ne suis pas sûr qu'on ait le temps de charger le magot. Voilà, j'ai peut-être un plan pour que nous repartions à zéro tous les deux, mais cette fois, les poches pleines. La première chose à faire est de trouver un bateau à voile pour rentrer en France, on sait naviguer tous les deux, ça ne devrait pas poser de problème.

—Je travaille sur le port, je connais deux ou trois rafiots qui feraient l'affaire.

Toutes les nuits, à deux heures du matin, il faut se présenter pour l'office des vigiles, tous les frères s'y rendent, à ce moment-là, il n'y a plus de gardien devant le coffre. Je vais me porter pâle pendant une semaine, et quand mes camarades iront prier, je dévaliserai la banque.

—Pourquoi te fous-tu de ma gueule à cette heure-ci, mon ami ?

—Ah ! mon bon Gilbert, je n'ai jamais été aussi sérieux !

—D'accord, admettons que tu y arrives, comment tu fais pour sortir le butin ?

—C'est là que tu interviens, dans le couloir qui mène à la chambre forte, il y a une fenêtre qui donne sur le chemin, en bord de mer, et c'est toi qui le réceptionneras.

—J'en fais quoi, une fois que je l'ai récupéré ?

—Tu le caches et à la fin de la semaine, je ne serai plus malade, je pourrai donc aller et venir à ma guise, j'irai l'enterrer, à la croisée des pendus. Quand nous aurons décidé de partir, nous récupérerons notre trésor de guerre.

—Pourquoi nous ne partons pas tout de suite ?

—Je veux attendre pour voir si Jacques de Molay vient ici, car si c'est le cas, nous pourrons nous enrichir encore plus, mais ça, c'est une autre histoire que je te raconterai si nous le croisons. Alors tu en dis quoi ?

—Personnellement je n'ai rien à perdre, mais toi, tes vœux et tout ça ?

—J'ai déjà tué assez de monde comme ça, j'aimerais avoir une vie tranquille loin de la fureur des combats.

—Je suis ton homme, on commence quand ?

—Laisse-moi trois ou quatre jours pour trouver les

fonds, pour acquérir le bateau. Bonne soirée, mon ami, pas un mot, à personne.

—Je suis une tombe.

—De combien de pièces d'or auras-tu besoin pour acheter le navire ?

—Si l'on prend celui auquel je pense, il nous en faudra au moins vingt-cinq, et dix de plus pour l'armer correctement.

—Je m'en occupe.

Les deux amis se quittèrent, Gilbert était perplexe, mais son copain n'avait cessé de l'étonner depuis leur première rencontre, il décida de le suivre dans cette aventure. Le lendemain, dès qu'il eut fini avec toutes ses obligations, Stan s'engouffra dans la ville, avec une intention bien précise, mettre son talent de voleur à la disposition de son nouveau projet. Il se faufila derrière ses proies à l'allure bourgeoise, et détroussa une douzaine de ces malheureux. Il fit les comptes, à l'abri des regards, il avait deux fois plus que ce que lui avait demandé Gilbert. Quand il lui donna la bourse, il lui dit :

—Voilà, pour le bateau, l'armement et les provisions. Il y a le double de ce que tu espérais, garde le reste et fais-en bon usage. On commence, dimanche prochain, viens avec moi, que je te montre la fenêtre sous laquelle il faut que tu te trouves entre deux heures et trois heures. J'ai besoin de quinze minutes environ, pour rejoindre le coffre, vingt minutes pour te passer l'or et je retourne me coucher. C'est OK pour toi ?

—Oui.

—Dès que je sors le bras, c'est que j'en ai terminé, tu peux t'en aller. Nous sommes lundi, tu as une semaine pour négocier le voilier.

Le samedi suivant, Stan commença à se plaindre auprès de ses camarades. Comme il jouait très bien la comédie, et que c'était le leader, personne ne mit en doute sa maladie. Il leur annonça qu'il pensait avoir la grippe et qu'il serait bon que personne ne l'approche le temps qu'il guérisse. Il passa les consignes à son second, pour que celui-ci prenne le commando sous ses ordres. Le frère-docteur fit fixer un paravent, entre la paillasse de Stan et celle d'à côté. Le dimanche soir, à deux heures quinze alors que les frères étaient à la prière, il avait le champ libre. Il partit rapidement vers le coffre, après avoir vérifié qu'il n'y avait personne, il attrapa la clé dans le tiroir et ouvrit la chambre forte. Il était calme malgré le danger encouru, il s'empara de six lingots d'un kilo et les posa sur le bureau, il referma la grille, et remis la clé là où il l'avait trouvée. Il courut jusqu'à la fenêtre avec son butin et fit tomber une à une les petites barres jaunes. L'opération fut un succès. Il était recouché avant que ses compagnons reviennent de l'office religieux. Toute la semaine, il renouvela l'exploit et au total ce fut quarante-deux lingots d'or qu'ils subtilisèrent à la banque des Templiers. À vrai dire personne ne remarqua le larcin. Quelques temps après , Stan partit seul à la croisée des pendus. Une fois sur place, il trouva l'endroit idéal à ses yeux, sur un monticule de roches au milieu du désert. L'étendue de sable était parsemée d'élévations de ce type, sûrement dû à des activités volcaniques anciennes. Le lieu que Stan avait choisi, avait la forme d'un lévrier couché, il était identifiable parmi tous les autres, et surtout à midi uniquement, la tête du chien, représentée par la pierre, était dans l'ombre. Stan enterra le butin profondément et le recouvrit de roches de tailles différentes. Il laissa un indice, que seul lui reconnaîtrait. Quand il eut fini, il rentra rapidement, car l'endroit était dangereux pour un solitaire. Deux mois avant la chute de la muraille, Gilbert l'attendait. Ils ne s'étaient pas

beaucoup vus, pendant cette période. Il devait lui parler de toute urgence.

—Ton gars-là, le fameux Jacques de Molay, il a débarqué ce matin, j'ai cru que j'allais avoir une crise cardiaque quand j'ai entendu son nom, tu disais vrai.

—Écoute, il faut que je le rencontre et que je gagne sa confiance. Il va être à la tête d'une fortune colossale que le roi de France va vouloir lui piquer, il va falloir agir avant lui, si on veut rafler la mise.

—As-tu un plan ?

—Non, mais nous aviserons le moment venu, le bateau est prêt ?

—Oui, les voiles neuves sont arrivées la semaine dernière, j'ai changé tous les cordages, le charpentier de marine a refait le gréement, le gouvernail, et il changé un bordé, il ne me reste plus qu'à charger l'eau et la nourriture.

—Au fait, comment s'appelle ton navire ?

—Le Sav Heol.

—C'est breton ?

—Oui, ça veut dire soleil levant, tu ne peux pas le rater, il est vert avec un liston rouge et jaune, je l'ai fait transformer en ketch pour que nous puissions le manœuvrer à deux.

—Super, j'ai hâte de voir ça, je te tiens au courant dès que j'en sais un petit peu plus.

Deux semaines plus tard, en les voyant entrer dans la citadelle, les gens se signèrent, car Stanislas et sa troupe étaient couverts de sang, ils avaient combattu des brigands dans une lutte sans merci qui avait provoqué la mort de deux d'entre eux. La foule conspuait les prisonniers entassés dans la charrette qu'escortaient les

Templiers. Guillaume de Beaujeu qui avait eu vent de l'affrontement, était venu en personne à leur rencontre, accompagné de Jacques de Molay. Beaujeu fit les présentations. En lui serrant la main, Stanislas regarda le futur grand maître dans les yeux. Le visage buriné, la peau mate, les cheveux et la barbe grisonnante donnaient à ce monsieur, qui allait jouer un rôle important au sein de l'ordre, un air de baroudeur. Apparemment, lui aussi avait eu son lot de batailles. Il proposa à Stanislas, s' il le souhaitait, de remplacer un de ses hommes tombés pour la bonne cause, celui-ci accepta. Ils devinrent très vite amis, il leur arrivait de partir tous les deux pour faire de la reconnaissance. Une nuit, ils n'étaient pas rentrés, car ils étaient trop loin d'Acre. Ils avaient atteint un petit village de pêcheurs, du nom de Capharnaüm, près du lac de Tibériade. La rumeur prétendait que des mouvements importants de troupes avaient commencé. Stanislas profita de ce moment-là, pour lui parler.

—Jacques puis-je me confier à toi ?

—Bien sûr mon ami !

—Voilà, depuis quelque temps j'ai des visions, et elles te concernent.

—Tu m'intéresses, serais-tu un saint ?

—Ne te moques pas de moi.

—Parle !

—Je vois la citadelle tomber, l'invasion mamelouke nous submerge. Malheureusement, Guillaume de Beaujeu perd la vie, touché par une flèche et s'en est fini des Terres saintes.

—Tu imagines bien que ça n'arrivera pas ?

—Dans la dernière partie de mon songe, tu remplaces Beaujeu.

—Alors tout va bien, car il est plus probable que la cité s'effondre, que je devienne le maître de l'ordre. Endors-toi, demain, nous avons une grosse journée.

Les premiers jalons étaient posés. Stanislas savait que, quand les événements se produiraient, Jacques de Molay viendrait de lui-même, pour plus d'informations. La conversation tomba dans l'oubli. Stan fut le premier à voir au loin un mouvement de troupes d'une importance considérable, de là où ils étaient, une masse noire se déplaçait lentement. Sans aucun doute, les rumeurs se confirmaient. La situation était inquiétante, car d'après les éclaireurs envoyés par l'ordre, quelques mois plus tôt, le commandant Al-Ashraf Khalil, fils du sultan mamelouk, pouvait s'il le voulait, déployer deux cent vingt mille combattants. Ils rentrèrent au galop pour prévenir Guillaume de Beaujeu. Les deux hommes estimaient que l'ennemi serait là dans une semaine. Le grand maître ne céda pas à la panique, pensant que la forteresse était imprenable. Ils firent des provisions d'eau, de nourriture. Tout l'armement fut distribué, les réunions se succédèrent pour définir une stratégie de guerre. Stanislas avait déjà vécu cette situation, quand il était dans la peau de Wangdak et ça s'était mal fini. Il n'avait pas accès aux entrevues, car c'était un simple soldat comme les autres. Jacques de Molay lui était convié pour donner son point de vue, il était confiant, et pensait que l'enceinte de trois mètres de large, tiendrait face aux Mamelouks. Ils firent le point sur les effectifs, seize mille combattants et presque autant d'habitants dans la cité. Stanislas, fit prévenir Gilbert de rester sur le bateau nuit et jour, prêt à partir, et que pour leurs affaires, ils reviendraient plus tard. Début avril, les ennemis furent bien là, ils avaient emmené quatre catapultes qu'ils disposèrent tranquillement, des balistes et des mangonneaux pour détruire la muraille de pierres qui entourait Acre. Les fantassins se mirent en ligne hors de portée des flèches des Templiers. Beaujeu décida de sortir, avec cinq cents chevaliers pour en découdre. Stan était au côté de Jacques de Molay et il se rendit compte que c'était le moment où il avait pris possession du corps de son double. C'était aussi le jour où il avait trouvé la mort, à la suite d'un coup de cimeterre violent en pleine poitrine, aujourd'hui ça allait être différent, car il avait acquis les connaissances de Wangdak et il se tiendrait sur ses gardes. Ça ferraillait dans tous les sens, les cris, les hurlements mettaient les nerfs à rude épreuve. Dans les deux camps, il y avait la rage de vaincre, Stanislas détruisait ses ennemis à une vitesse étonnante, il était couvert de sang, il savait que sur sa gauche, un guerrier allait lui administrer un choc brutal. Au moment de l'impact, Stan pivota sur le côté, ce qui eut pour effet de déséquilibrer son adversaire. Sans hésiter, il leva son épée à deux mains et abattit la lame tranchante sur la nuque du Mamelouk, dont la tête roula à ses pieds. Il y avait des corps sans vie partout, les hommes étaient éreintés, il voyait les catapultes à l'œuvre, d'énormes blocs de pierre passaient au-dessus d'eux, et fracassaient les murs de la cité. Les Templiers avançaient en ligne, ils étaient soudés et entraînés, mais le nombre de leurs adversaires ne cessait de croître. Ils firent un premier repli dans la citadelle, en emmenant les blessés comme ils le pouvaient. Chaque fois qu'un rocher s'abattait sur la muraille, la terre tremblait, mais pour le moment, l'édifice tenait bon. Beaujeu décida de détruire les catapultes, une autre attaque fut organisée mi-avril, mais ce fut un échec. Le message qu'ils avaient fait parvenir à Henri II, roi de Chypre et de Jérusalem, était bien arrivé. Il débarqua début mai, avec des vivres et surtout sept cents combattants, ce qui redonna du baume au cœur à l'armée des Templiers. Le quinzième jour du mois de mai, ils sortirent en nombre.

Lors de cette bataille, Jacques de Molay fut touché à la tête. Quand Stan le prit sur ses épaules pour le ramener à la citadelle, il commençait à donner des signes de faiblesse, il était inconscient et avait le cuir chevelu en sang. En arrivant derrière les portes, il ordonna à deux religieux de soigner la plaie de Molay et de le mener sur le Sav Heol. Il leur décrivit le bateau et l'endroit où il se trouvait, et leur demanda de dire au capitaine de l'attendre. Les deux hommes, un peu déboussolés, s'exécutèrent, fiers de lui rendre service. Stan courut vers la chambre forte dont personne ne se préoccupait plus, il entra et attrapa deux sacs de cuir et dans chacun d'eux, il y glissa, vingt barres dorées et deux bourses de pièces d'or. Il referma la porte et remit la clé dans le tiroir. Il stoppa deux soldats qui marchaient en direction de la muraille et il leur demanda de lui prêter main-forte, pour descendre sur le port. Ils étaient jeunes et ils avaient peur, le tunnel de trois cent cinquante mètres qui partait de la citadelle et qui rejoignait la mer, était plein de gens qui ne savaient pas où aller. Les sacs étaient lourds, les frères de l'ordre qui connaissaient Maric du Thoronet, l'aidèrent sans poser de questions, ils ne se doutaient pas une seconde qu'il fuyait la bataille pour sauver le futur grand maître. Gilbert avait installé le blessé toujours inconscient à l'intérieur du bateau. Le navire était ponté et la descente était située entre le mât d'artimon et la barre. Stan remercia les moines et leur dit que Beaujeu lui avait donné pour consigne de trouver des renforts rapidement. Dans la confusion générale, ils retournèrent au combat, en lui souhaitant bonne chance et en l'implorant de faire au plus vite. Gilbert avait déjà largué les amarres, Stan posa les sacs dans le carré et remonta aider son compagnon de voyage qui en bon marin, avait sorti le Sav Heol du port à la godille. Une fois dehors, ils se mirent boute au vent pour envoyer la grand-voile et l'artimon. Stan tira la barre à

lui, ce qui eut pour effet de donner de la vitesse au navire.

—Gilbert, peux-tu prendre la barre ? Je descends voir comment va Jacques

Il respirait normalement, son pouls était régulier.

Il avait l'air de dormir, Stan le positionna comme il avait appris au cours de secourisme, regarda sa plaie, et lui remis le bandage.

—Il est sonné mais il ne saigne plus, j'espère que ce n'est pas grave.

—Ne t'inquiète pas ça va aller, il a dû en voir d'autres. Au fait, c'est bien ce que je pense, ce qu'il y a dans les sacs ?

—Oui, comme je ne sais pas quand nous pourrons retourner à Acre, j'ai fait un petit prélèvement. D'ailleurs, il serait préférable que tu planques tout ça avant que Jacques ne se réveille.

Une demi-heure plus tard, Gilbert remonta sur le pont.

—C'est bon, là où ils sont, personne ne les trouvera. Tu n'y es pas allé de main morte.

—Je pense qu'on en aura besoin, si nous changeons de vie et quand nous pourrons revenir, nous prendrons le magot que j'ai enterré.

—C'est quoi le programme ?

—Direction Chypre, on leur ramène le nouveau grand maître.

À ce moment-là, Stanislas, pour la première fois, prit conscience qu'il n'y avait aucun instrument électronique à bord, lui qui avait l'habitude de se servir pour gérer la navigation quand il partait sur l'eau avec Alain.

—Gilbert, je me suis peut-être un peu enflammé, je sais

barrer, mais pour le reste, je vais devoir compter sur toi pour nous emmener à bon port.

—Tu emploies toujours des mots bizarres comme ça. Écoute, nous allons rester à vue le long de la côte en direction du Nord. Il faut que nous atteignions la citadelle d'Arouad qui se trouve face à la ville de Tartous, une fois là-bas, nous attendrons le lever de soleil à l'est et nous voguerons vers son coucher, plein ouest. La nuit, nous nous mettrons à la cape et nous recommencerons le lendemain. Quand nous serons au large de Chypre, nous aviserons pour savoir où c'est le moins risqué pour accoster. Il était presque quinze heures lorsqu'ils avaient quitté le port, un vent chaud venu du sud les poussait dans la bonne direction. Dès que le soleil se coucha, ils mirent l'artimon et le foc à contre, ce qui stoppa le bateau. Gilbert montra à Stan l'étoile Polaire qui indiquait le nord et qu'ils auraient pu suivre pour avancer. Stanislas se rappela que quand il était dans la peau d'Onika le Zanzibarite, son père lui avait appris à naviguer avec les étoiles. Il leur fallut une vingtaine d'heures pour rallier la citadelle qui était visible de loin, et comme convenu, ils passèrent la nuit au large de l'édifice. Ils dormirent sur le pont et à l'aube, c'est Jacques qui les réveilla. Il avait un mal de crâne infernal, mais sa plaie ne saignait plus, il leur demanda ce qu'il faisait là, Stan lui expliqua que la bataille avait été un échec et qu'ils allaient à Chypre. Comme pour le moment, il ne pouvait pas réfléchir, il retourna dans la pénombre de la cale, en enlevant son bandage. Gilbert renvoya de la toile et ils repartirent avec le lever du soleil dans le cul du Sav Heol. La navigation se faisant vent de travers, le bateau prit plus de vitesse que la journée précédente. Quand la nuit commença à tomber, ils virent Chypre se détacher au loin, ils restèrent à la cape. Le lendemain, bien avant que les étoiles ne disparaissent, ils voguèrent vers l'île. Jacques de Molay les avait rejoints, il ne souffrait plus, mais il était fatigué d'avoir si peu dormi. Il faisait beau, la mer était calme et même si le danger était écarté, Stan n'oubliait pas sa mission, le trésor des Templiers. Vers dix-huit heures, ils croisèrent un pêcheur qui les invita à le suivre jusqu'au port de Limassol où le futur grand maître avait fait escale, quelques mois plus tôt. Ils arrivèrent vers deux heures du matin, la pleine lune leur permit de naviguer à vue dans la passe. Il avait affalé toutes les voiles, seule la trinquette les faisait avancer, ils mouillèrent au milieu du bassin, en profitant de la petite vitesse du bateau. Quand l'ancre fut bien crochée dans la vase, l'embarcation stoppa et pivota naturellement présentant la poupe du Sav Heol au quai. Stan sauta à terre et rapporta une planche qu'il posa entre la terre ferme et le voilier. Ils installèrent une pointe de chaque côté du navire et reprirent de la tension sur le boute de l'ancre pour écarter celui-ci. Gilbert était fier de sa manœuvre, tout s'était passé en douceur. Il faisait bon, ils discutèrent un moment et chacun se trouva une place pour dormir. Quand Stan se réveilla, Jacques de Molay était déjà parti à la commanderie, pour leur faire part de sa présence et pour savoir où en était le conflit. Les informations étaient catastrophiques, Beaujeu était mort touché par une flèche ennemie et plus grave, la citadelle était tombée. Quelques bateaux avaient réussi à prendre le large, avec des Templiers et des civils, mais apparemment d'autres en surcharges avaient coulé. La bonne nouvelle était que le roi de Chypre avait fui avec une partie de son armée, il serait de retour rapidement. Les semaines passèrent, Thibaud Gaudin fut élu nouveau grand maître, et prit Jacques et Maric du Thoronet sous son aile. Il leur fournit des armes et un trousseau neuf. Ils dormaient à la commanderie, Jacques de Molay fut nommé maréchal et Stan secrétaire. Gilbert vivait sur son bateau, et avait pour projet de retourner en France. Il avait une idée un peu folle, il voulait devenir paysan. Bien souvent, Stan et lui chevauchaient à travers l'île pour découvrir sa beauté et s'évader de la ville surpeuplée depuis que les habitants d'Acre s'y étaient réfugiés. Un jour, ils s'arrêtèrent devant un champ où dans des allées bien séparées, des gens cueillaient des petits fruits rouges. Le cultivateur les invita et leur fit goûter ce qu'il récoltait. Pour Gilbert, ce fut un choc, il n'avait jamais savouré quelque chose de si bon et si sucré. Il demanda le nom de cette merveille, l'homme aux mains calleuses et au teint mat lui répondit fraise, sans articuler au début, il ne comprit pas vraiment, mais Stan qui avait commencé à apprendre la langue lui fit la traduction. Deux jours plus tard, Gilbert et Stan étaient en grande discussion.

—J'y ai réfléchi toute la nuit, je retourne au pays.

Stan qui était attaché à son ami, essaya de le dissuader dans un premier temps, mais en écoutant ses arguments, il finit par admettre qu'il avait raison.

—Je vais cultiver la fraise, et je vais me faire des couilles en or !

Stan qui était habitué au langage fleuri de son copain, secoua la tête et leva les yeux au ciel :

—Non, tu vas t'enrichir !

—C'est la même chose, mon pote !

Il lui envoya une grande claque sur l'épaule, en partant d'un fou rire. Stan aimait entendre son compagnon se bidonner et voir ses yeux briller. Vivre au côté de cet homme-là était du pur bonheur. Il était facétieux, mais il pouvait aussi être sérieux et vous donner des leçons de vie.

—Je vais acheter des terres à Plougastel-Daoulas, je connais un endroit sympa qui s'appelle le Squiffiec, avec ma part du butin, je fournirai du travail aux gens du coin.

Je vendrai sur Brest et aux alentours.

Stan comprit qu'il en avait assez de bourlinguer, il voulait se poser et fonder une famille, il en avait parlé plusieurs fois.

—Écoute, il n'y a pas de part, tout est pour toi, moi je suis moine et j'ai fait vœu de pauvreté, je vais rester au côté de Jacques pour voir ce qu'il va devenir et je n'ai besoin de rien.

—Viens avec moi, tu es instruit, tu pourras me montrer comment développer l'entreprise, on fait cinquante, cinquante

—Non, je te remercie, mais je ne vais pas te suivre sur ce coup-là, par contre, je vais t'aider à retourner à Brest. La Bonne Aventure lève l'ancre lundi, je vais demander à Jacques qu'il te trouve une bannette ou un hamac pour que ce soit plus confortable, et que le voyage te paraisse moins long.

Deux jours plus tard, c'était arrangé, il pouvait rentrer avec le privilège d'avoir une cabine et il pouvait ramener autant de plants qu'il le désirait . Le commandant du navire était un ami de Jacques qui lui avait précisé que sans Gilbert, il ne serait plus de ce monde. Stan eut l'idée de fabriquer des jardinières en bois. Quatre au total. Elle faisait deux mètres de long sur soixante centimètres de large pour une profondeur de quarante centimètres. Gilbert était doué pour la bricole, il avait confectionné un double fond dans chacune d'elles. Avec délicatesse, ils y rangèrent les lingots, ainsi que le contenu des bourses. Ils calèrent l'ensemble avec du sable et quand ils eurent fini l'opération, ils clouèrent le couvercle par-dessus. Stan secoua une des caisses, aucun bruit n'en sortit, les deux compères étaient contents d'eux, il ne leur resta plus qu'à les remplirent de terre et d'y planter les fraisiers. Gilbert avait réussi à vendre son

rafiot un bon prix et il avait récupéré quelques pièces d'or, quand il cachait son butin, Stan avait devant lui un homme riche. Le jour du départ, les plantations furent montées à bord et disposées dans la cale du bateau, à l'abri des regards. Le capitaine avait donné pour consignes de surveiller, avec attention, ce chargement. Gilbert, Stan et Jacques se dirent au revoir sur le quai de Limassol, ils en avaient gros sur le cœur de se quitter après tant d'aventures.

—Vous allez me manquer, les moines…

—Toi aussi tu nous manqueras. Bonne chance !

Ils s'embrassèrent, la larme à l'œil. Stan resta longtemps à regarder la barque, qui menait les passagers sur le navire au mouillage. Chypre sans Gilbert, ce ne serait plus pareil. Jacques de Molay, pour détendre l'atmosphère, taquina un peu le jeune religieux.

—Alors, tu penses toujours que je vais être à la tête des Templiers !

—Crois-moi Jacques, je ne sais pas comment, mais ça va arriver !

Il le prit par l'épaule, ne sois pas triste, Gilbert est plein de ressources, il réussira et nous ici, on a tout à reconstruire. Les semaines s'enchaînèrent, Jacques travaillait beaucoup avec Thibaud Gaudin, ils essayaient de se remettre de la perte des Terres saintes, et commençaient à parler de reconquête. Il leur restait une garnison sur l'île d'Arouad en face de Tartous, et ils avaient eu la chance de pouvoir récupérer la totalité de l'or qui était dans la citadelle d'Acre. Au début de l'année mille deux cent quatre-vingt-douze, Gaudin décéda rapidement, sa santé fragile et les conditions de vie qu'il avait endurées les années précédentes, eurent raison de lui. Une élection fut organisée à Limassol, le nouveau

bastion des Templiers. Jacques de Molay fut élu et devint le vingt-troisième grand maître de l'ordre du Temple. Stan ouvrit les yeux, dans le salon assis dans un fauteuil, il avait en face de lui Guy. Un peu surpris, mais très calme, il demanda à l'ex-militaire si ça faisait longtemps qu'il était là.

—Non, ton ami le baraqué m'a accompagné il y a dix minutes, Patrick lui a dit que j'étais réglo. Ils sont sur la terrasse, prêts à bondir et bien sûr ils m'ont fouillé.

—Comment nous as-tu trouvés ?

—Moses ! Il a eu beaucoup de mal, il savait, grâce à moi, que vous étiez à Zanzibar. La dernière trace qu'il a de vous, c'est une communication mail avec Marseille. En menant mon enquête, j'ai fini par vous repérer. Le cardinal s'est remis à ta poursuite, apparemment les autres ne l'intéressent pas, Moses a réussi à vous faire géolocaliser au Guatemala, il envoie de fausses pistes à leur informaticien parisien. Une équipe et déjà partie sur place.

—Pourquoi faites-vous ça pour nous ?

—Nous avons une dette envers toi. Moses pourra les trimbaler pendant des semaines, mais il serait intéressant que tu aies une conversation avec la source de l'homme d'Église.

—J'y pense, mais je veux terminer ce que nous avons commencé ici.

—As-tu besoin d'un coup de main ?

—Pas pour le moment, mais peut-être plus tard, serais-tu d'accord de travailler pour nous ?

—Oui, si vous êtes les gentils. Tu as mes coordonnées, appelle-moi, si je peux t'aider, ça sera avec plaisir.

Au fait, Moses a un message pour vous, il va réussir à les duper pendant un ou deux mois, mais leur geek va finir par se rendre compte de la supercherie.

—Tu remercieras l'Américain pour nous, dis-lui que nous allons être vigilants.

—Peux-tu me dire ce qui se passe ?

—Non, pas maintenant, mais je te promets que quand tu nous rejoindras, nous te mettrons dans la confidence.

Guy se leva et Stan lui serra la main, viens, je vais te présenter à l'équipe. Il fit la connaissance de tout le monde, discuta longuement avec Alain et s'excusa de lui avoir envoyé une décharge de Taser, alors qu'il cachait Stan chez lui. Une fois qu'il était clair que l'ex-militaire s'était rangé et voulait être des leurs, l'atmosphère fut plus détendue. Bakari et Oscar qui n'étaient pas au courant des aptitudes de Stan, les quittèrent en même temps que Guy qui devait prendre un avion le lendemain.

—Où en êtes-vous, les amis ?

Esther parla la première :

—Toujours au même point, nous quadrillons la zone, sur les fonds de cinquante mètres, demain, c'est une journée de relâche pour les plongeurs, Sonia et Aby vont aider Bakari à faire l'entretien du bateau et du zodiac.

Stan, pour la sécurité de ses amis, avait décidé de rencontrer l'informaticien rapidement.

—Je suis désolé, mais je vais devoir aller à Paris, rendre visite à celui qui nous traque pour le compte du Vatican.

—Qu'est-ce que tu vas lui faire ?

—Rien, je vais essayer de le persuader de travailler pour nous et de nous couvrir.

—Tu crois que ça va marcher ?

—J’en aurais le cœur net en le rencontrant.

Une fois couchée, Aby lui demanda de promettre de faire très attention. Il l’embrassa tendrement et lui jura de faire gaffe, il n’arrivait pas à dormir, il était déjà minuit. Stan se leva discrètement et reprit sa place pour méditer dans le salon. Il réintégra le corps et l’esprit de son double, Maric du Thoronet. En juin mille trois cent. Celui-ci avait changé, la violence des combats avait forgé son caractère, mais c’était toujours l’homme qui avait voué sa vie à Dieu. Stan se concentra sur la mémoire de Maric, il n’avait pas eu à faire la guerre durant les années qui suivirent le sacre de Jacques de Molay. Il avait accompagné le grand maître, dans de nombreuses villes d’Europe, pour des raisons d’alliance et de diplomatie. Mais, à ce moment précis, il se rendait en Égypte avec lui et Henri II, afin de montrer aux Mamelouks qu’ils étaient encore là. Ils partirent avec une trentaine de bateaux, en vue d’attaquer les villes de Rosette et d’Alexandrie. Ils arrivèrent au petit matin devant Rosette qui était endormie. L’invasion fut rapide, les guetteurs donnèrent l’alerte, mais les Templiers entrèrent dans la cité et submergèrent le peu de combattants qui leur firent face. Ils s’adonnèrent à une razzia d’envergure, les moindres richesses furent arrachées à leurs propriétaires. Les dépôts d’or furent vidés, toutes les œuvres d’art du palais terminèrent dans les bateaux qui firent demi-tour, remontèrent le Nil dans le but de piller Alexandrie. Le raid dura une semaine et ils y trouvèrent beaucoup plus de biens que dans la première ville. Ils partirent comme ils étaient venus, leur attaque éclaire leur rapporta une fortune colossale. De retour à Chypre, Jacques de Molay commença sérieusement à penser à la reconquête de Jérusalem. Vers trois heures du matin, Stan ouvrit les yeux. Il était fatigué et retourna dans son lit se blottir contre Aby, il sombra dans un sommeil profond.

Quand Abygael le réveilla, il eut l'impression de ne pas avoir dormi. Il décida d'accompagner ses amis, pour l'entretien mensuel du navire. Une fois à bord, Bakari fit la répartition des tâches. Sonia et Aby furent chargées de vidanger et de changer les filtres à huile et à gasoil du Neptun Suecia. Bakari devait s'occuper du moteur du Zodiac et mettre une protection en cuir sur l'avant de celui-ci, afin de le renforcer. Oscar avait décidé de faire une vérification complète du matériel de plongée. Stan et Patrick qui s'étaient initiés à la plongée, firent le tour du bateau avec une éponge pour nettoyer sa coque. Tout se déroula sous le signe de la bonne humeur, les plongeurs eux, avaient opté pour une journée de farniente.

Le cardinal s'impatientait, son équipe n'arrivait pas à mettre la main sur Stan qui avait été localisé par son agent parisien au Guatemala. Moses était à la manœuvre et guidait les mercenaires à sa poursuite, sur de fausses pistes. Stan avait acheté son billet pour Paris, dans une agence à Stone town afin de ne pas laisser de traces sur internet. Il passa la soirée avant le départ avec ses amis et ils décidèrent, tous ensemble, de la marche à suivre. Le lundi matin, il prit place dans l'avion à huit heures, pour un long vol en direction de l'aéroport Charles de Gaulle. Durant la première partie du voyage, il resta éveillé et débarqua à Dubaï. Il dut attendre jusqu'au lendemain sa correspondance et vers quatorze heures, il décolla pour la France. La fatigue ayant eu raison de lui, il s'endormit rapidement...

Décembre mille trois cent six...

Une fois de plus, il s'empara de la mémoire de son hôte. Jacques et lui avaient combattu dans plusieurs contrées au nom du christianisme. Le grand maître était rentré en France pour organiser une énième croisade. Il espérait avoir le soutien du pape et fédérer plusieurs pays européens. Stan constata que Maric du Thoronet n'était

plus le même, il avait l'air plus fort physiquement et plus solide mentalement. Il ne marchait plus en courbant l'échine, il avait la tête bien haute et les gens détournaient le regard en le croisant. Maric avait conservé son amour pour Dieu et suivait toujours les préceptes de saint Benoît à la lettre. Il était fidèle aux vœux qu'il avait prononcés lors de son admission chez les moines cisterciens. Dans l'immédiat sa priorité était de prévenir Jacques qu'un grand danger le guettait. Il demanda une audience privée à son ami, car celui-ci avait un agenda bien chargé et ne pouvait plus, comme par le passé, prendre du temps pour ce garçon en qui il avait une confiance totale.

—Je t'écoute Maric.

—Ce que je vais te dire ne va pas te faire plaisir, j'ai recommencé à faire des rêves.

—Parle !

—Voilà, j'ai vu nos frères d'armes en déroute, le roi de France les traquant afin de détruire l'ordre

—Dans quel but et quels intérêts aurait-il à faire ça ?

—Peut être que je me trompe, mais il a une dette faramineuse envers nous, ne serait-ce pas là l'occasion de remplir les caisses en récupérant la fortune des Templiers ?

—Le pape ne laisserait jamais faire ça…

—Dans ma vision, notre fraternité tombe, il n'y a plus personne aux commandes et tu es emprisonné…

—Écoute Maric, je n'aime pas Philippe le Bel, mais je ne pense pas qu'il puisse s'en prendre à nous.

—Ce ne sont que des hallucinations, mais il serait sage d'en tenir compte, si rien ne se passe, nous n'aurons qu'à oublier cette conversation.

—Merci de t'inquiéter pour notre communauté, je vais réfléchir à tout ça et je te tiens au courant.

—Bonne journée, Jacques.

En sortant, Stan savait exactement ce qu'il avait à faire, il avait échafaudé un plan digne de Shaul Elman le cambrioleur, un autre de ses avatars. Il aurait mis sa main à couper que tôt ou tard, de Molay le convoquerait. Les semaines passèrent et la vie diplomatique suivit son cours, Jacques de Molay avait installé ses quartiers à Aigues-Mortes pour des raisons stratégiques. Il avait rapatrié toutes les richesses de Chypre et avait fait construire une vraie chambre forte gardée jour et nuit par des frères aguerris. Vers la fin du mois de septembre, un émissaire, envoyé à Paris par le grand maître, confirma les dires de Maric, les Templiers étaient dans le collimateur de Le Bel.

Il convoqua le jeune moine sur-le-champ.

—Malheureusement, les nouvelles ne sont pas bonnes, le roi veut que la population pense que nous sommes des hérétiques. Il aurait donné des consignes pour que la milice arrête des adeptes que nous avons nous-mêmes renvoyés pour mauvaise conduite, et leur aurait fait avouer des horreurs sur notre ordre. As-tu eu d'autres visions ?

—Oui, mais c'est très compliqué et je ne comprends pas tout.

—Raconte-moi, nous allons essayer de démêler tout ça.

—Dans mes rêves, les combattants de Christ sont anéantis et une branche secrète renaît, plusieurs siècles plus tard. Nous déplaçons le trésor de guerre des Templiers, dans un endroit bien précis afin que les générations futures le retrouvent.

—Où ?

—Je n’y suis jamais allé, mais le village s’appelle Rennes-le-Château dans l’Aude. Tu m’y as envoyé, car tu connais la région et parce qu’il y a des grottes propices pour dissimuler nos biens. C’est un prêtre du nom de Saunière, qui fait la découverte grâce aux indices que tu m’as fait cacher dans son église. Cet homme a toujours vécu dans cette région, c’est un curé qui semble controversé, il aime Dieu, mais également les femmes et l’or.

Stan était concentré, il avait répété maintes fois ses explications, seul, dans sa cellule de moine. Il essayait d’être aussi bon que Sonia qui avait une grande connaissance de cette histoire, car elle était passionnée par les légendes de trésors disparus et par les Templiers. Elle n’avait pas hésité à se rendre sur place lors d’un voyage, pour voir le fameux village de l’abbé Saunière.

—Quels genres d’indices ?

—Trois petits parchemins que tu m’as fait cacher dans un des piliers de l’église.

—Et si c’est quelqu’un d’autre qui découvre le butin ?

—C’est un risque à prendre, car si mes rêves se réalisent, c’est Philippe le Bel qui mettra la main sur les biens des Templiers. Rendons-nous sur place, peut-être aurons-nous un autre point de vue...

Le lendemain matin, les deux hommes partirent à cheval sans prévenir quiconque de leur destination. Il leur fallut deux jours pour rallier Rennes-le-Château, et en arrivant, ils trouvèrent un village quasiment désert. Jacques avait séjourné quelques années dans la région pendant son enfance, il emmena son ami là où il se souvenait avoir vu les grottes. Ils laissèrent les chevaux près d’un arbre et gravirent la colline en direction des cavernes. Il fallait venir sur le site pour les trouver, car elles étaient dissimulées par une végétation dense. Ils cherchèrent pendant des heures et en localisèrent quelques-unes, idéales pour leurs exigences.

En fin d'après-midi, ils retournèrent au village, en les voyant, les gens fermèrent leurs portes et leurs volets, il n'y avait jamais d'étrangers dans cette partie du pays. Durant la soirée, Stan et Jacques regardèrent de quelle façon ils pourraient cacher les parchemins dans l'église qui leur servit d'abri pour la nuit. Ils mirent au point un plan dont Stanislas était l'instigateur. Ils avaient jugé bon de déplacer tout l'or, les bijoux, les sculptures, des livres importants sur l'ordre, afin de les protéger au cas où les visions de Stan s'avéreraient vraies. Deux hommes seulement seraient dans la confidence, le grand maître et lui-même, Stan mènerait la mission secrète avec son commando de quinze soldats qui le suivaient depuis Acre et qui étaient devenus la garde rapprochée de Molay. De retour à la commanderie, Jaques décida de mettre le stratagème en œuvre, les huit chariots bâchés furent préparés avec soin, pratiquement tout avait été dissimulé dans des caisses en bois. Le départ se fit de nuit, les guerriers n'avaient aucune idée sur leurs objectifs, ils prirent les rênes sans connaître leur destination. Ils avaient emporté un maximum d'armes, car les routes n'étaient pas sûres et il n'était pas rare de rencontrer des brigands de grand chemin. Il fallut trois jours au convoi pour rejoindre Rennes-le-Château, une fois sur place ils contournèrent le village pour ne pas attirer l'attention, ils installèrent le campement dans une prairie non loin des grottes. Pour plus de discrétion, les hommes avaient troqué leur tunique de soldat contre leur bure de moine. Les religieux, fidèles à leurs règles, parlaient le moins possible et avaient élaboré un langage à base de signe. Stan leur fit comprendre qu'ils commenceraient le lendemain, car la nuit allait tomber et il était dangereux de se déplacer dans la montagne. Après l'office, ils se couchèrent près des chariots avec leurs armes à portée de main, une habitude ramenée des croisades. Stan avait instauré des tours de garde, il avait positionné quatre soldats autour du bivouac. Vers quatre heures du matin, une vingtaine de brigands investirent le campement en croyant s'attaquer à de simples moines, mais se fut un désastre, ils furent tous tués en moins de vingt minutes. Stan décida d'enterrer les corps, mais il en garda deux, pour une raison précise. Dans son récit Sonia disait que l'abbé-Saunières avait trouvé deux squelettes habillés avec des tenues de Templier dans la grotte où il y avait le trésor. Contrairement au plan qu'il avait soumis à Jacques, il ne vida que deux chariots, car il avait élaboré un autre stratagème. Les moines ne posèrent pas de questions, ils n'avaient aucune idée de ce qui se tramait . Ils mirent deux jours à cacher le magot, le terrain escarpé leur donna du fil à retordre. Ils descendirent avec des cordes dans une caverne profonde, ensuite, ils rampèrent dans un tunnel de vingt-cinq mètres de long donnant sur une salle naturelle où les hommes pouvaient tenir debout. Les religieux y stockèrent les caisses, et en ressortant, masquèrent l'entrée du boyau. Avant de partir, ils disposèrent les deux victimes en habit de Templier, avec des armes de chaque côté de leurs corps. Après avoir fait disparaître les torches qui leur avaient servi pour l'éclairage, Stan attendit la nuit. Avec douze des siens, il s'introduisit dans l'église, ils déplacèrent le maître-autel qui était dans l'axe de la nef et commencèrent les travaux. Ils creusèrent une fosse d'un mètre cinquante de long sur un mètre de large et d'une profondeur de cinquante centimètres. À l'intérieur, Stan y laissa une bourse en cuir remplie de pièces d'or, il referma à l'aide d'une dalle représentant un Templier au combat, le côté sculpté fut retourné vers le trou, afin qu'il ne soit pas visible. Ils remirent avec beaucoup de difficultés la sainte table à sa place. Dans un des piliers qui la soutenait, un frèretailleur de pierre creusa une cavité et Stan y posa les parchemins qu'il avait préparés, grâce aux connaissances de copiste de Maric. Les morceaux de peau de mouton, sur lesquels il avait écrit, étaient des énigmes relativement faciles à comprendre pour un religieux. Ils indiquaient la présence d'un trésor et la façon de s'y rendre. Il les glissa dans des tubes de bois prévus à cet effet. La crevasse fut refermée et la colonne qui avait subi les coups de burin, fut retournée de façon à ce que personne ne puisse voir le défaut de celle-ci. Vers quatre heures du matin, tout était nettoyé, et, après avoir fait une inspection, Stan était content du travail effectué, car personne ne pouvait se douter qu'une équipe avait œuvré pendant la nuit. Ils sortirent aussi discrètement qu'ils étaient rentrés, avec trois sacs en toile de jute contenant les gravats de leur chantier. Le convoi reprit la route immédiatement, les chariots se suivaient et quand ils arrivèrent dans une prairie dégagée, ils stoppèrent pour se reposer. Le lendemain, ils abandonnèrent les deux carrioles et ils récupérèrent les chevaux pour pouvoir soulager les attelages en vue de leur nouveau trajet. Le plan de Stan était simple, aller cacher le reste du butin, à Sanary-sur-Mer pour pouvoir se l'approprier facilement de nos jours. Le voyage devait durer une semaine, en passant par Arles pour ne pas se faire repérer du côté d'Aigues-Mortes. Sans scrupule, Stan avait décidé de voler le trésor, afin de financer un projet qui lui tenait à cœur. Le trajet s'effectua sans encombre, et ils arrivèrent à Sanary-sur-Mer. L'idée de Stan était de se rendre à la Cride, une des pointes de Sanary donnant sur l'ouest. Stanislas avait eu, grâce à Alain, le droit de participer à un entraînement de la SNSM de Bandol qui était venue travailler sous la falaise d'une trentaine de mètres, dont la pierre était friable et peu propice à l'escalade.

Pendant que les bénévoles peaufinaient leurs techniques pour remonter une victime à bord, Stan s'émerveillait de la beauté sauvage des lieux. C'était une fin d'après-midi d'été, la mer était calme et limpide, en levant les yeux Stan remarqua que des oiseaux semblaient sortir de la roche. Il dut prendre les jumelles pour s'apercevoir qu'il y avait une ouverture de deux mètres environ, en-dessous des arbres et de la végétation. Quand il avait commencé à élaborer son plan, Stanislas avait pensé à tous les endroits où il aurait pu cacher le magot, la Cride lui était venue comme une évidence. La station moderne d'épuration qui bloquait l'accès à la construction de maisons et très peu de personnes se promenaient de ce côté-là de Sanary. Si par chance la grotte était assez profonde pour entreposer les caisses qu'il transportait, il serait facile à une équipe de les récupérer. Si ce n'était pas le cas, ils avaient la possibilité d'enterrer le trésor sur la partie haute de la pointe. Le convoi se déplaçait à petite vitesse. Tous les soirs, ils s'arrêtaient quelques heures, pour faire boire et manger les chevaux. Ils arrivèrent à Sanary, le matin du septième jour et se rendirent à la Cride directement. L'endroit n'était pas du tout comme il l'avait vu de la vedette SNSM. Dans son souvenir, la station d'épuration, visible de la mer, se fondait bien dans le décor. Une batterie de défense datant de mille six cent quatre-vingt-quinze, s'élevait fièrement sur la pointe, pour protéger Toulon et sa région. Le contraste était saisissant, Stan avait devant lui une large bande de terre vierge, dépourvue de toute construction, la végétation était dense, les arbres étaient penchés, signe que le mistral puissant soufflait souvent sur ce bout de terre dégagée. La vue était splendide, d'un côté il pouvait observer l'île des Embiez, le Rouveau, et de l'autre, le village de Bandol. La mer, d'un bleu azur, s'étendait à perte de vue, au loin en face, il pouvait voir le bec de l'Aigle et une partie de l'archipel du Frioul.

Au nord, le Gros cerveau dominait la baie de Bandol et de Sanary. Stanislas y avait pensé pour une cachette éventuelle, mais son lien grandissant avec le hameau provençal, l'avait conforté dans son choix. Il se rendit sur la grève, pour avoir une vision d'ensemble du lieu, il dut s'y reprendre plusieurs fois, car le terrain était escarpé. Une fois en bas, il observa la falaise et finit par trouver ce qu'il cherchait, , l'entrée de la grotte. Il prit des repères et communiqua par signes avec les frères restés en haut, pour marquer l'emplacement de travail. Ils sortirent le matériel pour faire glisser Stan en toute sécurité contre la paroi. Un des religieux s'était occupé de préparer les équipements spécifiques, ils amarrèrent la corde au chariot le plus lourd, pendant que Stanislas enfilait une combinaison d'apiculteur, recouvrant tout son corps, afin de le protéger des cactus qui proliféraient sur la roche. Doucement, ses compagnons le descendirent le long de la falaise, pour qu'il puisse accéder à l'ouverture de la grotte. Il coupait la végétation sur son passage à l'aide de sa fossile et ce ne fut qu'après vingt minutes de dur labeur qu'il atteignit son but. Le jeune moine tapa dans ses mains, les petits oiseaux qui vivaient là, sortirent en trombe, si bien qu'il dut se cramponner à la corde pour ne pas tomber. Quelques minutes plus tard, un des frères lui fit parvenir une lanterne pour qu'il puisse éclairer la caverne. L'endroit était mieux que ce qu'il avait espéré, l'ouverture faisait un mètre sur un mètre trente environ. Stan s'avança à genoux, il était incommodé par la forte odeur de fientes, mais à sa grande surprise, il avait devant lui une poche naturelle où il pouvait largement stocker le contenu des six chariots. Il souleva la lanterne à hauteur de ses yeux, l'intérieur était constitué de marches de différentes tailles, l'humidité était inexistante et Stan sentait l'air venant de la mer lui caresser le visage. Il parvient à se mettre debout, la pierre avait un autre aspect qu'à l'extérieur, ici c'était du

solide, de l'incassable alors que dehors tout était friable, le contraste était saisissant. Stan remonta auprès de ses amis et ensemble, ils élaborèrent une technique pour acheminer les coffres sans encombre jusqu'à là Grotte. Quatre soldats furent employés à sécuriser la zone de tout curieux éventuel, mais vu l'endroit, il était fort possible que personne ne vienne pendant des semaines. Les chariots furent installés en arc de cercle autour du lieu de travail et tout le monde fut mis à contribution. Quatre moines vidaient les carrioles de leur contenu, pendant que deux autres descendaient doucement les colis, le long de la paroi. Ensuite dans la caverne, les religieux faisaient la chaîne pour ranger les caisses bien à plat, le boulot était éreintant et ils devaient sortir souvent, car l'odeur de fientes était prenante. Ils se relayèrent pendant une semaine et réussirent à stocker leur cargaison dans les entrailles de la falaise. Avant de partir, ils bouchèrent l'ouverture avec des pierres et du mortier, Stan avait laissé une bande de terre de vingt centimètres pour y planter de la végétation. Toute la zone devait retrouver son aspect naturel au plus vite. Le dernier soir, ils mangèrent tous ensemble autour d'un feu et brûlèrent les tenues couvertes de déjections d'oiseaux. Stan retourna sur la grève avec un marteau et un burin pour tailler une croix dans la roche. Il se positionna sous l'entrée de la grotte et fit vingt pas sur sa gauche, il prit en compte la montée des eaux, et quand il estima que l'endroit était parfait, il commença son ouvrage. La mission était terminée, ils enfilèrent leurs tenues de soldats de Dieu et s'engagèrent sur la route dans leurs chariots vides. Stan ne peut s'empêcher d'aller jeter un œil au cœur du village, il fut surpris de voir qu'il y avait seulement quelques cabanes de pêcheurs, alignées le long du bord de mer. Les quelques familles qui vivaient là semblaient heureuses. Les moines ne se doutaient pas une seconde que Philippe le Bel avait ordonné l'arrestation des Templiers et que le grand maître lui-même avait été enfermé, le treize octobre de cette année mille trois cent sept. Stan était le seul à le savoir, grâce aux connaissances de Sonia, il demanda à ses compagnons d'être parés au combat et en arrivant sur les hauteurs de la ville d'Aubagne, ils furent stoppés par un groupe armé de Sa Majesté. Maric intima à ses amis de rester calmes et leur fit un signe de la tête, ils avaient devant eux une cinquantaine de militaires qui voulaient en découdre. À la grande stupéfaction des soldats du roi, les Templiers mirent un genou à terre et posèrent leur front sur le pommeau de leurs épées qu'ils tenaient à deux mains, la pointe contre terre. Ils entamèrent une courte prière et se relevèrent comme un seul homme, ils étaient prêts à livrer bataille et à mourir s'il le fallait. Le silence pesant fit place à un vacarme assourdissant, les moines se battaient à trois contre un, le sang coula à flots, les combattants tombaient un à un, Stan tenait bon, mais il voyait ses amis perdre la vie, les uns après les autres. Grâce à la mémoire additionnelle, il avait toutes les qualités guerrières de Wangdak, son avatar Shaolin, et décimait ses adversaires à tour de bras. Il n'était plus que trois sur le champ de bataille, tous ses frères d'armes étaient morts, lui-même avait subi de graves blessures. Il finit par venir à bout de ses deux ennemis et quand il regarda autour lui, il vit une scène de désolation, il y avait des cadavres partout et le tumulte avait cessé. Dans un premier temps, il retourna au chariot pour trouver de quoi bander ses lésions, il serra très fort le tissu sur sa jambe et sur son bras, ce qui eut pour effet de stopper les hémorragies. Il avait mal, mais il ne voulait pas laisser ses frères pourrir dans ce charnier, alors il approcha une carriole et commença à extirper les corps des religieux un à un, pour les poser. Quand ses quinze camarades furent à bord, il fit avancer les chevaux et s'éloigna du lieu où ils avaient péri.

En partant, il entendit les gémissements des derniers guerriers vivants qui ne passeraient pas la nuit. Maric était trop mal en point, pour enterrer ses amis, il fit une crémation, il embrasa le chariot et regarda les flammes consumer les Templiers avec qui il avait vécu pendant des années. Stan sentait que son avatar était touché émotionnellement, il savait que ne voyant pas revenir les cinquante soldats, une deuxième troupe arriverait rapidement. Quand Maric était jeune, il avait fait le trajet entre le Thoronet et Aubagne pour le compte de monastères, il avait parcouru la distance en douze heures, sur le dos d'une vieille mule. Stan pensa que sa seule chance de sauver son double était de le cacher dans l'abbaye du Thoronet, à condition que les membres de sa communauté veuillent bien de lui. Une fois de plus, il prit les commandes de l'esprit de son hôte et le mena jusqu'au village du Thoronet, sur la monture du capitaine qu'il avait transpercée de sa lame. Le voyage de sept heures fut éprouvant et ses plaies se remirent à saigner. Il frappa à la porte du monastère, le moine qui lui ouvrit resta sans voix en le voyant, Maric s'écroula dans ses bras. L'abbé Guillaume V fut prévenu sur-le-champ et une réunion de crise fut organisée à la hâte, car l'heure était grave, fallait-il protéger un des siens ou le livrer en pâture au roi. Les frères cisterciens décidèrent de sauver leur camarade. Le doyen avait de la tendresse pour lui. Ils avaient toujours gardé le contact, Maric lui écrivait de temps en temps pour lui raconter ses aventures en Terre sainte. Sa tenue de Templier fut brûlée, un des jeunes religieux se chargea d'amener le cheval très loin du village, quant à son épée, elle fut cachée dans une des chambres secrètes du monastère. Maric fut conduit à l'infirmerie dans un premier temps, et ensuite, on le plaça

à l'isolement dans une cellule, dans le bâtiment des convers. Maric revient à lui le lendemain, l'odeur du lieu lui rappela tout de suite où il était et il se sentit en sécurité. L'abbé entra dans le dortoir, un drap séparait chaque paillasse,

—Comment te sens-tu ?

—Mes blessures sont douloureuses, mais je vais mieux.

—Ici, tu es à l'abri du monde extérieur, les frères ne te dénonceront pas, mais il faut que tu restes dans l'abbaye pour le moment. Philippe le Bel a ordonné l'arrestation des Templiers et ils sont déjà venus deux fois pour fouiller le couvent.

—Je ne veux pas vous créer de problèmes.

Il posa sa main sur celle de Maric :

—Je pense qu'ils ne reviendront plus, je leur ai promis de livrer tous les soldats de Dieu qui passeraient dans la région.

Stan lui raconta le combat qu'il avait mené contre les militaires du roi et la façon dont il avait envoyé ses frères rejoindre le Seigneur.

—Tu as bien fait mon fils, ah au fait

Il lui tendit son épée dans un linge épais

—Il vaut mieux que tu t'en débarrasses, et, par la même occasion, que tu reprennes la vie que tu avais avant. Nous manquons de copiste, tu es le bienvenu. Pour le moment, repose-toi.

Stan le regarda partir, il sentit dans l'esprit de son avatar que la décision de rester fut la plus forte. L'après-midi même, il demanda à un moine d'enterrer son épée sous le mur qui borde le cimetière du monastère, en face d'un olivier centenaire.

Chapitre sept

Paris

Le mouvement de l'avion qui se posa sur la piste de l'aéroport Charles-de-Gaulle, réveilla Stanislas, qui était heureux de savoir son double vivant. Guy lui avait fourni l'adresse du Parisien que Moses avait eu du mal à géolocaliser. Il attrapa son bagage sur le tapis roulant et prit la direction de la ville dans un taxi conduit par un homme qui paraissait énervé par la pluie qui tombait à grosses gouttes. Stan commençait à penser à la façon dont il allait s'y prendre pour amener l'informaticien à changer de camp. Il se rendit directement dans le quartier du garçon doué dans la conception de logiciels, son appartement fourni par le Vatican était situé sur l'île Saint-Louis. Moses avait bien fait les choses, non seulement il lui avait trouvé la bonne adresse, mais il lui avait aussi donné le nom d'un hôtel, en face de l'immeuble où l'espion du cardinal habitait. En arrivant à la réception, Stan demanda une chambre avec vue sur la rue pour pouvoir surveiller sa proie. Il fut logé au deuxième étage, avec une vue imprenable sur le bâtiment voisin. Il entrebâilla les volets et regarda sous différents angles. Il pouvait contrôler les allées et venues dans les deux sens et voir les entrées et sorties du soixante-douze de la rue Saint-Louis en l'île où le geek avait son lieu de vie. Stan n'avait aucune idée de l'apparence du hacker, mais il savait qu'il travaillait pour un géant d'internet, et qu'il devait avoir des horaires de bureau. Stanislas jeta un œil dans les appartements d'en face séparés par un passage étroit, son regard se posa sur un salon où il y avait trois écrans d'ordinateur sur une jolie table en bois. Il était fort probable qu'il ait trouvé sa cible. Il vit une vieille dame s'approcher de l'immeuble, elle tapa doucement sur le digicode. Stan était trop loin pour distinguer les numéros, il enfila son blouson et descendit à l'accueil. Il leur demanda l'adresse du magasin Nature et Découvertes le plus près.

Le réceptionniste, habitué à toutes sortes de requêtes farfelues, resta de marbre et lui indiqua la boutique sur un plan du quartier. Une heure plus tard, il était de retour avec un sac contenant le nécessaire pour mener à bien sa mission. Il se remit aussitôt à son poste d'observation et commença à détailler tous les passants. Vers dix-neuf heures, il vit arriver un individu sur un skateboard, une casquette des Lakers de L.A. sur la tête, un sweat-shirt aux couleurs criardes et un casque vert fluo pour écouter de la musique. Stan eut la conviction que c'était lui, l'homme s'arrêta au soixante-douze et entra, il ne lui fallut que quatre minutes pour réapparaître dans le salon où il y avait les écrans d'ordinateur. De son poste de guet, il voyait parfaitement l'intérieur de l'appartement du gars qui était à l'origine de tous ses problèmes. Une autre femme s'approcha de la porte de l'immeuble et tapa le code secret pour y pénétrer, Stan prit le temps de noter les numéros qu'il avait relevés grâce à sa paire de jumelles performantes. Vers vingt heures, les volets du logement qu'il épiait, descendirent et mirent fin à sa surveillance. Il avait imaginé plusieurs scénarios pour ramener l'informaticien à la raison, l'intimidation, la pédagogie et finalement, il décida d'attendre d'être avec lui pour voir de quelle façon il pourrait lui parler. Il attrapa son téléphone prépayé et régla l'alarme à minuit trente, il avait pour intention de rendre visite à son voisin pendant son sommeil. Il se mit en tailleur dans un coin sombre de la pièce et commença sa méditation, il se concentra sur Maric, il voulait savoir ce qu'il était devenu. Il le retrouva, endormi dans sa cellule du Thoronet en mille trois cent soixante, il sentit que son double était fatigué et il fut surpris, car peu de gens vivaient aussi longtemps à l'époque. Stan fit un tour d'horizon, rien ou presque n'avait changé à part une canne posée contre le mur.

Il prit possession de l'esprit de son hôte et fouilla dans sa mémoire, jamais plus il n'avait quitté l'abbaye depuis le moment où il était entré, couvert de blessures. De plus, il n'avait jamais parlé du trésor et avait gardé le secret pour lui. Un phénomène nouveau pour Stan se produisit, il entendit une voix dans la conscience de Maric, il ne comprit pas tout de suite.

—Qui es-tu ?

Stan resta muet, Maric avait senti sa présence et essayait de communiquer avec lui, aucun son ne fut émis, tout se passa par la pensée.

—C'est une très longue histoire, et c'est un petit peu compliqué.

—Je t'écoute.

—Toi et moi nous ne faisons qu'un, je ne peux pas t'expliquer pourquoi, mais pour moi, tout a commencé le lendemain de l'anniversaire de mes vingt-six ans. Je me suis retrouvé dans la peau d'un homme qui vivait dans les années trente, sa mémoire a fusionné avec la mienne et je me suis souvenu de chaque instant, car j'avais déjà vécu cette vie-là. Je me suis réincarné plusieurs fois, et à différentes époques, dans le corps et l'esprit de mes anciennes vies. Je ne sais pas par quelle bizarrerie de la nature, mais quand une de mes existences se termine, je renais tel le phénix.

—J'ai connu cette sensation, quand j'étais jeune, j'ai cru que c'était un rêve, je me suis glissé dans la peau d'un moine Shaolin.

—Il s'appelle Wangdak, il fait partie de notre lignée, j'ai vécu un moment dans son corps.

—J'étais terrorisé et j'ai tout fait pour mettre une barrière entre lui et moi, j'ai essayé d'occulter cette expérience.

—Moi aussi, j'avais peur, mais je me suis laissé aller.

—Pourquoi es-tu revenu ?

—Malheureusement tous mes doubles, avec qui j'ai fait un bout de chemin, sont morts sous mes yeux, tu es le seul que j'ai quitté en vie, je voulais savoir ce que tu étais devenu.

—J'ai passé le reste de mon existence ici, j'ai vécu ma religion et j'ai réintégré mon poste de moine-copiste. J'ai laissé derrière moi mon histoire au sein des Templiers.

—Sentais-tu ma présence quand j'étais là ?

—Non, pas vraiment, je trouvais juste bizarre de ne pas être maître de mes faits et gestes, de voir mon corps faire des choses que je ne lui avais pas ordonnées, et j'ai bien cru, par moment, être fou.

—La mémoire additionnelle est quelque chose de fantastique.

—Ça consiste en quoi ?

—A chaque fois que je visite un de mes avatars, je m'approprie sa souvenance, celle-ci se cumule avec la mienne. Wangdak a passé sa vie à s'entraîner au combat, alors je suis devenu un combattant, Shaul était un cambrioleur, depuis que nos esprits se sont mélangés, je peux ouvrir n'importe quelle serrure où détrousser un quidam sans qu'il s'en aperçoive.

—Pourquoi as-tu caché l'or dans la grotte ?

— À mon époque, le Vatican est la demeure des papes. Il y a là-bas un cardinal qui a le même don que nous, il traque les renaissants, c'est comme ça qu'il nous appelle. Il a créé un laboratoire et il peut sonder la mémoire de ses proies, par exemple s'il m'attrape, il pourrait savoir où se trouve toutes mes richesses. Il a aussi en sa possession un poison qui met fin définitivement à nos vies. Ce sont les chercheurs qu'il emploie qui ont mis au point cette toxine. Son plus grand désir est d'être le seul renaissant sur terre, j'imagine que le Saint-Père n'est pas au courant du mal qu'il fait aux personnes comme nous. L'Église attend de lui qu'il la prévienne, s'il rencontre un homme ou une femme qui aurait croisé Jésus de Nazareth. Si j'ai volé le trésor des Templiers, c'est pour une cause qui me semble noble. Je vais trouver un havre de paix où je ferai venir tous les gens comme nous, pour les aider à appréhender leurs dons.

—J'ai toujours imaginé que cet argent ferait le bien et c'est pour cette raison que j'ai gardé le secret.

—Maric as-tu été heureux ?

—Oui, j'ai eu une vie d'aventurier quand j'étais soldat de Dieu et j'ai eu ma vie de moine, je me suis épanoui dans ma religion.

—Une chose me tient à cœur, sais-tu ce que Gilbert est devenu ?

Stan sentit le vieil homme sourire

—Mon ami Gilbert est décédé tranquillement dans son sommeil, il avait cent deux ans, personne n'avait jamais vu ça dans sa région. Il a fait fortune avec ses fraises.

Ils éclatèrent de rire en même temps, parler de lui leur mit du baume au cœur.

—Il a fait le bien autour de lui à Plougastel-Daoulas. Il a rendu les gens heureux et il a aidé de nombreuses familles à vivre décemment, il paraîtrait qu'il a fait venir des moines pour éduquer les enfants.

—Maric, ça a été une joie de communiquer avec toi, il est possible que je ne revienne plus, porte-toi bien.

—Je vais pouvoir aller en paix, moi aussi, j'ai eu du plaisir à converser avec toi, prends soin de nous.

Le réveil sonna, Stan prit son sac à dos et y fourra le matériel dont il avait besoin pour s'introduire dans un appartement en toute discrétion. La rencontre avec son double l'avait troublé. Après avoir posé sa clé, il salua le veilleur de nuit et se dirigea vers le soixante-douze de la rue Saint-Louis en l'île. Il enfila sa paire de gants et tapa vingt et un, quatre-vingt-deux sur le digicode, il entendit la serrure se déverrouiller. Après avoir inspecté les lieux, il fut rassuré par l'absence de caméras. Il s'engagea dans l'escalier, éclairé par le halo de sa lampe frontale et monta jusqu'au deuxième étage qui desservait quatre logements. Son regard se posa sur la porte en face de lui, un sticker décoratif attira son attention. Il représentait un pavillon pirate, orné d'une tête de mort placée sur deux sabres et coiffée d'un bonnet rasta, symbolisant une pomme croquée, du logo « APPLE ». Stanislas fut immédiatement convaincu qu'il avait trouvé ce qu'il cherchait, il ne lui fallut que quatre minutes pour pénétrer chez l'informaticien. Les ronflements bruyants lui indiquèrent que sa proie dormait à poings fermés, il déambula dans l'appartement et constata que tout était bien rangé. Il entra dans la chambre du chérubin qui devait être en plein rêve. Stan lui posa la main sur la bouche et lui pinça un nerf près de la clavicule, ce qui eut pour effet de lui provoquer une vive douleur. Le corps raidi, il n'osait plus bouger de peur d'aggraver son cas, il avait le souffle court.

—Je vais relâcher la pression, si tu me promets de rester calme et de ne pas crier.

Le garçon fit oui de la tête, Stan relâcha sa proie

—Sais-tu qui je suis ?

—Non

—Réfléchis bien.

Le geek venait de comprendre à qui il avait affaire, la peur se lut dans ses yeux.

—Comment t'appelles-tu ?

—Pierre.

—Habille-toi, je ne te veux aucun mal, j'ai besoin de discuter avec toi.

—C'est comme ça que vous entrez en contact avec les gens ?

—Non, seulement avec ceux qui ont failli me faire mourir…

Pierre se tut et commença à enfiler ses vêtements. Dix minutes plus tard, ils étaient dans la cuisine, devant une tasse de café.

—Connais-tu les personnes pour qui tu travailles ?

—Je ne travaille pas pour eux, j'effectue quelques recherches, pour leur compte, en échange de cet appartement.

Quand tu m'as trouvé et livré en pâture au cardinal, sais-tu ce qu'ils m'ont fait ?

—Je fournis des noms et après ça s'arrête là pour moi.

—Combien en as-tu donné ?

—Très peu.

Stan était très calme, Pierre s'était détendu et visiblement il n'avait aucune idée de ce qu'il faisait.

—Combien ?

—Je n'ai eu que deux sources en quatre ans, une jeune femme de Paris et toi.

—Sais-tu ce qu'elle est devenue ?

—Non, je trouve les personnes, je touche une prime et c'est fini pour moi, je passe à autre chose.

— Quels sont les critères de tes recherches ?

—Je traque les gens qui s'intéressent assidûment à la réincarnation.

—Et tu ne trouves pas ça étrange ?

—Non, ça où autre chose…

—Malheureusement, la fille que tu leur as livrée est morte, depuis longtemps

Stanislas lui dévoila le secret bien gardé par le Vatican et il lui raconta sa mauvaise expérience dans les locaux de son éminence en Italie. Il lui parla aussi des différentes vies, qu'il avait vécues. Pierre était sceptique, il croyait avoir à faire à un fou. Stanislas était persuadé que l'appartement du geek était sous surveillance et que son intrusion chez lui déclencherait quelque chose, c'était la seule façon de lui prouver qu'il disait vrai. Il s'était posté en retrait près de la fenêtre pour observer la rue, il vit une grosse berline s'approcher discrètement du soixante-douze, il demanda à Pierre de venir. L'informaticien arriva derrière lui au moment où les deux hommes en costume descendaient tranquillement de la voiture.

—Écoute, nous n'avons plus beaucoup de temps, ces hommes vont faire irruption chez toi, pour me kidnapper à nouveau. Planque-toi sous ton lit et ne bouge pas.

Pierre devient pâle, si le fou qui s'était introduit chez lui par effraction disait vrai, il ne tarderait pas à y avoir du grabuge. Il courut se cacher. Il y eut une coupure d'électricité, Stan avait anticipé ce cas de figure, les barbouzes allaient entrer lunettes de vision nocturne sur le nez. Il attrapa sa lampe frontale dans son sac, le vendeur lui avait assuré que c'était la plus puissante du marché, il se posta dans la salle de bains, le long du couloir adjacent de la pièce où il avait trouvé Pierre endormi. Il entendit la porte s'ouvrir discrètement, les deux hommes approchèrent à pas de velours dans la nuit noire, quand ils furent à quelques mètres de la chambre, Stanislas sortit en trombe, en allumant sa frontale. L'effet fut radical, les deux soldats du Vatican furent aveuglés et n'eurent pas le temps de tirer. Stan courut et prit appui sur le mur du couloir, il donna un coup de reins et avec le rebond, il asséna un coup de pied d'une violence extrême, dans la tête du premier gars qui tomba à terre, en entraînant son binôme. Le plus grand avait succombé, le choc à la tempe lui avait été fatal, l'autre essaya de se relever rapidement, mais Stan lui brisa la nuque avec un sang-froid incroyable. Les deux cadavres gisaient sur le sol, après s'être assuré que ses assaillants soient hors d'état de nuire, il se dirigea sur le palier afin de trouver le tableau électrique de Pierre, dans un des placards muraux. Une fois le courant rétabli, il commença à fouiller méthodiquement les deux mercenaires. Ils ne portaient rien sur eux qui puissent les relier à leurs commanditaires. Stan appela Pierre, qui arriva rapidement.

—Tu les as tués ?

—C'était eux ou moi, ce n'est pas un jeu Pierre, est-ce que tu me crois maintenant ?

C'était la première fois qu'il voyait des hommes morts. Il était livide, ses jambes avaient du mal à le soutenir.

— Tu penses qu'elle est morte ?

—Qui ?

— La fille que je leur ai livrée.

Stan posa la main sur son épaule :

—Tu n'y es pour rien, ils t'ont manipulé, comme tous les gens qui travaillent pour eux. À partir de maintenant, quand tu localiseras un homme ou une femme qui a les mêmes capacités que moi, tu me préviendras. À ce propos, comment peut-on agir sans se faire repérer ?

—Je vais te donner une adresse mail cryptée, personne ne pourra savoir d'où tu écris et je serai le seul à y avoir accès. Envoie-moi un message par mois et je te répondrai, si je trouve quelqu'un pour te communiquer ses coordonnées.

—Il faut que le cardinal pense que tu bosses toujours pour lui, continue tes recherches et fais-lui parvenir de fausses informations.

—Je fais quoi de ces deux-là ?

—A mon avis, il doit y avoir un service de nettoyage, je vais être obligé de te Taser, quand tu pourras, tu leur téléphoneras et tu leur diras que j'ai pris la fuite. Ils viendront te débarrasser des corps.

—Excuse-moi pour tout le mal que je t'ai fait.

Il tendit la main à Stanislas, celui-ci la serra vigoureusement. Pierre lui donna une adresse cryptée, et se mit en position pour recevoir la décharge électrique. Stan qui avait déjà subi la même épreuve, savait combien ça allait être douloureux. Il attrapa un des Tasers qui étaient à terre près des cadavres et tira sur Pierre qui s'écroula. Une fois au sol, son corps se raidit, la souffrance se lut sur son visage. Stan avait trouvé les clés de la voiture dans la poche d'un des sbires du Vatican. Il repassa à l'hôtel et récupéra ses affaires, il régla sa note et prit place dans la bagnole de ses assaillants. Il allait mettre le contact, quand la vitre de son côté vola en éclat. Il n'eut pas le temps d'esquiver le coup de poing que venait de lui asséner le monstre qui était à côté de sa portière. Il ne l'avait pas senti arriver. Stan était groggy, la brute le sortit de la voiture et le balança sur la chaussée. Il n'y avait pas âme qui vive dans la rue, du coin de l'œil, il vit que son agresseur était grand et baraqué, il enlevait tranquillement son blouson de cuir, apparemment il comptait jouer avec sa proie. Son débardeur blanc, laissait apparaître sa puissance. Des tatouages tribaux couvraient ses énormes biceps et continuaient sur ses pectoraux surdéveloppés. Il asséna un coup de pied dans les côtes de Stan, qui eut juste le temps de mettre son bras pour atténuer le choc. Le gaillard avait le sourire aux lèvres, il le souleva par les cheveux et il lui donna un coup de poing dans la figure. Se sentant perdu, un œil à moitié fermé, Stanislas essaya de se réfugier sous une voiture pour reprendre son souffle. Au même moment, une main ferme lui attrapa la cheville et le ramena au milieu de la chaussée. La brute se mit à califourchon sur lui et commença à l'étrangler. La sensation étrange de quitter la vie, sans pouvoir intervenir était insoutenable. Stan sombrait, quand il vit le visage de son avatar Shaolin. Wangdak était au-dessus de lui et murmurait « bats-toi jusqu'à la mort ». Stanislas ne comprenait pas, était-ce réel ou délirait-il ? Ce fut comme une bouffée d'adrénaline, il ouvrit les yeux et les plongea dans ceux de son adversaire qui eut un moment de surprise. L'homme resserra sa poigne de fer sur le cou de Stan. Comme si c'était Wangdak qui se battait lui-même, tout devint clair, il savait ce qu'il avait à faire. Avec sa main droite, il exerça une pression violente sur le tendon du triceps du militaire qui relâcha la tension. Avec la paume de sa main gauche, il envoya un impact rageur dans son menton, tout en le faisant

basculer sur le côté. La surprise était totale, l'assaillant ne s'attendait pas à ce revirement de situation et tenta de reprendre le dessus, mais Stan lui donna une série de coups de poing au bas-ventre et au visage. Stanislas s'était déjà remis debout quand son adversaire essaya de se lever, il prit son élan et lui administra un coup de pied de toutes ses forces, le colosse émit un son sourd, et il s'étala sur le bitume face contre terre. Stan posa ses doigts sur la carotide de monsieur muscle, il était toujours vivant... En boitant et en tenant son bras, il se dirigea de nouveau vers la bagnole, il récupéra les clés sur le tapis de sol et démarra doucement. Il devait quitter au plus vite ce quartier, car le cardinal avait apparemment lancé ses limiers à sa poursuite. Il respecta les limitations de vitesse et les feux pour ne pas se faire remarquer, il roula au hasard pendant une quinzaine de minutes et finit par arriver rue de la Paix. Ce nom lui disait quelque chose, il gara la caisse devant un groupe de jeunes qui buvaient de l'alcool, assis dans un arrêt du bus. Il passa à côté d'eux et laissa tomber sa clé de contact, discrètement en continuant sa route. Le stratagème fonctionna à merveille, il entendit la voiture partir en trombe et regarda les gamins lui faire un doigt d'honneur en passant devant lui, il courut un peu pour jouer le jeu à fond, mais ils n'étaient déjà plus là. Ce petit effort lui rappela dans quel état il était, il devait trouver une piaule de toute urgence. Il déambula dans la rue à la recherche d'un hôtel et en localisa un très rapidement. Sur le mur en lettres d'or, il y avait marqué « Park Hyatt Paris Vendôme cinq étoiles » il s'arrêta face à une vitrine avec un miroir, pour voir quel aspect il avait. Stan s'arrangea du mieux qu'il put et se présenta devant le portier, qui le regarda de la tête au pied.

—Bonsoir, auriez-vous une chambre de libre pour quelques jours ?

L'homme le toisa et avant qu'il ne l'éconduise, Stanislas exhiba son sésame. Le gardien changea d'attitude sur-le-champ.

—Venez, nous allons voir ce que nous pouvons faire.

En le suivant, Stanislas ramassa la liasse de billets de cent euros qu'il venait de sortir. Le chef de réception lui fit un grand sourire et lui proposa la « Park Queen », dont la vue sur la rue Volney était magnifique. Il lui indiqua le prix « neuf cent trente et un euros la nuit », Stan n'en pouvait plus, il accepta avec joie et paya trois nuits d'avance. La pendule derrière le comptoir affichait quatre heures trente, le bagagiste lui prit son sac à dos et lui demanda de le suivre. Après avoir donné un pourboire au jeune homme, il posa l'étiquette ne pas déranger sur la poignée extérieure de la porte, but un coca frais tout droit sorti du mini bar et se coucha sans même se déshabiller. Il lui fallut à peine quatre minutes pour s'endormir, ce fut un sommeil de plomb, sans rêves ni voyages dans le temps. Il passa les deux jours suivants entre sa chambre et le spa, l'endroit était luxueux, mais il aurait payé cher pour être au côté de celle qu'il aimait. Il n'était pas attiré par le faste d'un hôtel comme celui-ci, même si rapidement il s'était senti à l'aise. Tout en se faisant masser par une femme à l'allure sportive, il commençait à imaginer la suite de son voyage à Paris. Il fallait qu'il se mette à la recherche de quelqu'un de fiable, car il allait devoir changer son or et ses pierres précieuses en dollars et en euros. Il ne pouvait plus se permettre de travailler avec des personnes de la communauté israélite au hasard, il espérait trouver un ou une partenaire pour toutes ses transactions. Il quitta le Park Hyatt comme il était venu, avec son sac à dos en bandoulière, en sortant il demanda au portier comment se rendre à pied dans le quartier juif du Marais, où il avait un contact rue des rosiers.

Il lui fallut une quarantaine de minutes pour atteindre son but, Stanislas regardait autour de lui en permanence, pour voir s'il n'était pas suivi. Il avait obtenu cette adresse, par l'entremise d'un ami à lui qui s'appelait Âdaya et qui lui avait déjà acheté de l'or et des pierres. Stanislas poussa la porte de la bijouterie devant laquelle il se trouvait. Le commerçant l'accueillit avec le sourire et lui demanda ce qu'il pouvait faire pour lui. Après que Stan eut mentionné le nom de son collègue, il fut fouillé et accompagné par un mec en costume, dont le holster était à peine dissimulé sous sa veste noire. Il traversa une cour et monta au deuxième étage d'un immeuble qui ne payait pas de mine. Une fois passé l'entrée à la peinture écaillée, le contraste fut bluffant. Le vieil édifice avait fait peau neuve, remplaçant les boiseries anciennes, par un intérieur moderne et luxueux. La porte blindée de l'appartement, dans lequel se trouvait le patron, était gardée par un autre homme en arme. Stanislas serra la main du boss qui lui présenta ses parents et ses grands-parents. Quand il prit celle du grand-père dans la sienne, il se passa quelque chose d'étrange, leurs regards se croisèrent et ils se reconnurent mutuellement. Le vieillard resta bouche bée, Stan avait en face de lui, Jean, la première personne qu'il avait aidée à s'échapper d'Auschwitz. Stanislas avait réussi la prouesse de faire évader quelques prisonniers du camp d'extermination, par le train qui repartait à vide, après avoir déposé les pauvres gens*. À l'époque, le jeune garçon avait tout juste dix-sept ans, aujourd'hui à quatre-vingt-treize ans, il était le doyen d'une dynastie qui avait fait fortune dans l'achat et la revente de pierres précieuses et d'or.

*Voir l'orphelin qui traversait le temps du même auteur.

Le vieux demanda à tout le monde de sortir, le boss allait émettre une objection, mais quand l'ancien posa son index devant ses lèvres, il donna l'ordre à tous de quitter la pièce.

—Monsieur Shaul Elman, il ne se passe pas deux jours sans que je pense à lui, surtout ces derniers temps, sachant que mes jours sont comptés. Êtes-vous un de ses descendants ? Le vieillard dégageait de la sympathie, il était alerte pour son âge et avait toute sa tête, c'est lui qui validait ou pas les décisions majeures de l'entreprise familiale, même si son petit-fils avait pris sa succession. Stan décida d'être franc avec lui.

—Garderez-vous un secret, si je vous raconte une histoire hallucinante ?

—Je lui dois la vie, soyez sûr que jamais je ne le trahirai.

Stanislas se lança dans une explication simple et complète, il lui fit le récit de tout ce qui lui était arrivé depuis l'anniversaire de ses vingt-six ans. Il lui raconta ce qui s'était passé après son départ et comment il avait trouvé la mort dans le camp. L'ancien avait la larme à l'œil, tous ces souvenirs occultés depuis des années venaient de refaire surface. Il s'était créé des réminiscences moins violentes, mais le tatouage sur son bras lui rappelait chaque jour qu'il avait été un des numéros parmi tant d'autres à Auschwitz. Il avait eu la chance d'en revenir, grâce à l'homme qui était assis en face de lui. Jean ne pouvait pas croire une histoire aussi invraisemblable.

—Je ne trahirai jamais ce bon vieux Shaul, mais vous, je ne vous dois rien, comment osez -vous venir chez moi et me raconter des balivernes, que cherchez-vous ?

—Calmez-vous, je sais que c'est dur à imaginer, mais c'est la vérité, posez-moi n'importe quelle question sur le camp, et vous saurez immédiatement si je suis un imposteur !

L'ancien était impassible, il avait vu toute sa vie des truands de toutes sortes essayer de s'en prendre à son business, il pensait qu'une fois de plus, il était en face de l'un d'entre eux.

—Êtes-vous sûr de vouloir jouer à ce jeu-là ?

—Oui !

—D'accord, si vous répondez mal, vous partirez d'ici dans un piteux état, mon petit-fils s'occupera de vous personnellement !

—Je t'écoute, Jean.

Il fut irrité par le fait que Stan le tutoya, il ne riait plus du tout

—Comment avons-nous rejoint le train ?

—Jean, pose-moi des questions plus difficiles, sinon, nous allons rester là des heures.

—Réponds !

—Nous avons couru comme d'habitude. Nous courrions tout le temps, tu étais au milieu à ma droite, car nous voulions te dissimuler aux yeux des Kapos, c'est Marcel, le maître d'école qui t'a remplacé pour aller travailler à Birkenau.

—Quel temps faisait-il ?

—Il neigeait dru, les quatre soldats qui nous accompagnaient, se sont enfermés au chaud.

Le vieux était sceptique.

—Quelles sont les dernières paroles que tu m'as dites ?

—Bonne chance, et juste avant, je t'ai fait promettre que si tu t'en sortais, tu vivrais chaque jour comme si c'était le dernier !

—Shaul est mort à Auschwitz, je l'ai appris bien plus tard par des gens qui le connaissaient et qui me l'ont expliqué. N'importe quel prisonnier présent aurait pu te le raconter aussi, mais il y a une chose, que seul lui et moi pouvions savoir, car nous étions que tous les deux dans ce wagon. Là, mon garçon je te conseille de me donner la bonne réponse... tu es en train de bafouer la mémoire de la personne pour qui j'ai le plus de respect au monde. Qui avait-il à terre ?

—Voilà une question intéressante !

Stan ferma les yeux et mentalisa la scène qui pour lui était récente. Il vit Jean, jeune et mort de peur, les griffures et les inscriptions sur le bois, il ressentit même le froid. C'était comme si l'image était arrêtée, il fit une visualisation panoramique, et au sol, il remarqua un ourson en peluche à qui il manquait un œil. Il observa Jean qui avait subi les ravages du temps, mais qui avait encore quelque chose dans son regard qui lui rappelait l'adolescent d'Auschwitz. Il se leva et attrapa dans la vitrine, à côté de livres anciens, une peluche à laquelle il manquait un œil. Il la tendit à Jean.

—C'est la seule chose qu'il y avait à terre !

Jean resta sans voix, il était impossible que quelqu'un lui ait dit, vu que lui-même n'en avait jamais parlé à personne. C'était avec son tatouage, les uniques indices le reliant aux camps d'extermination.

—Comment est-ce possible ?

—Jean, je n'ai pas d'explications, c'est comme ça, c'est tombé sur moi, ça aurait pu être toi.

Le vieillard se leva et lui tendit les bras, il avait les yeux rougis, Stan le serra fort

—Merci de m'avoir sauvé la vie.

Le vieux lui demanda un whisky, il y avait longtemps qu'il n'avait pas connu autant d'émotions. Stan s'en servit un lui aussi et ils trinquèrent à tous ceux qui n'avaient pas eu la chance d'en revenir. Jean lui raconta comment il avait survécu après l'évasion.

—Quand le train a quitté doucement le camp, je me suis assis en pleurs, nous avions réussi. J'avais très froid, instinctivement, j'ai attrapé la peluche et je l'ai pressée contre moi, j'ai pensé à l'enfant qui l'avait laissée là, et qui était mort obligatoirement. J'ai sombré dans un sommeil profond et lorsque je me suis réveillé, il faisait jour et le convoi avait pris de la vitesse. J'ai attendu des heures pour qu'il ralentisse et j'ai prié de tout mon cœur, que ça arrive rapidement. La campagne défilait sans discontinuer, il m'était impossible de sauter sans courir le risque de me faire voir, alors j'ai patienté un long moment. Tout à coup, la voie de chemin de fer a traversé une forêt située sur une colline avec des versants qui n'étaient pas trop abrupts. Quand le train a amorcé une courbe, je n'ai pas réfléchi, je me suis éjecté le plus loin possible et je me suis plaqué au sol. J'ai attendu longtemps et quand je n'ai plus entendu le bruit de la locomotive, je me suis relevé et j'ai commencé à marcher. J'avais toujours l'ourson dans les mains, c'est devenu mon porte-bonheur et j'avais l'impression que si je le perdais, tout s'arrêterait. Deux jours plus tard, je suis tombé, par le plus grand des hasards sur une ferme, dont les occupants étaient sûrement partis travailler. Après avoir volé tout ce que je pouvais emporter, de la nourriture, des vêtements chauds, des chaussures, des chaussettes et un sac à dos, j'ai repris la route. Je me rappelle encore le bonheur que j'ai ressenti en enfilant des habits en laine, cette chaleur m'a fait un bien fou. J'ai regardé pendant un moment ma tenue de prisonnier, je n'avais aucune idée de l'endroit où j'étais, mais j'ai commencé à marcher droit devant, en faisant confiance à ma bonne étoile. Le lendemain matin, je me suis réveillé avec un canon de fusil sur la tête, au bout de l'arme il y avait un garçon aussi terrorisé que moi. C'était un des soldats du mouvement de résistance polonaise. Son supérieur, qui comprenait un petit peu le français m'a interrogé, je lui ai montré mon tatouage, et vu ma maigreur, il a su tout de suite d'où je venais. Ils m'ont proposé de l'aide et je les ai suivis jusqu'à leur repaire, là, j'ai eu un entretien avec le chef qui m'a bombardé de questions sur les camps. Il y avait un secrétaire et un traducteur, qui notait tout ce que je disais afin d'envoyer un rapport à Londres. Le leader m'a invité à prendre les armes avec eux, pour ralentir les nazis, c'est ce que j'ai fait. Nous avons saboté les voies de chemin de fer, pour stopper l'approvisionnement des boches. Nous avons fait évader des rebelles qui avaient été arrêtés, c'était une lutte permanente où j'ai vu mourir mes copains une fois de plus. Je suis resté avec la résistance polonaise jusqu'à la fin de la guerre. Pendant cette période, j'ai rencontré un joaillier de Varsovie qui est devenu pour moi comme un frère ; à la libération, je l'ai suivi et il m'a appris tout ce que je sais sur le négoce de pierres précieuses. Quand je suis rentré en France, il m'a aidé à mettre sur pied mon affaire et nous avons travaillé l'un pour l'autre. Très vite, nous avons gagné de l'argent que nous avons fait fructifier, en parallèle, nous avons monté une organisation pour traquer les nazis en cavale et les ramener devant la cour pénale de La Haye. J'ai voyagé à travers le monde, pour faire l'acquisition de métaux précieux et de diamants, j'ai rencontré ma femme et fondé une famille. Mais la chose la plus importante à mes yeux, j'ai tenu la promesse que je t'avais faite dans le wagon, j'ai vécu chaque jour comme si c'était le dernier. Dis-moi ce que je peux faire pour toi.

—Je cherche un partenaire qui ait les reins assez solides pour m'acheter de l'or et des pierres, en grosse quantité. Il faut aussi qu'il puisse venir dans différents pays pour récupérer la marchandise et me virer l'argent sur les comptes que je lui indiquerai.

—Je pense que tu as frappé à la bonne porte.

Jean demanda à son petit-fils d'entrer pour discuter business. Il lui fit promettre de toujours bien s'occuper de Stanislas, même après sa mort, car c'était le grand-père de celui-ci qui l'avait sauvé des camps, « c'était la première fois qu'il lui mentait ». Le boss vénérait son papy qui lui avait tout apprit et jamais il ne le trahirait, l'affaire était close et une poignée de main avait fait office de contrat. Stanislas avait évoqué les problèmes qu'il avait avec le cardinal et ses sbires ; alors Jean ordonna qu'il soit accompagné à l'aéroport dans une voiture aux vitres teintées, avec trois de ses gardes du corps. Stanislas embarqua dans la soirée vers Zanzibar, sans avoir été inquiété par les hommes de son éminence. Le vol se passa sans encombre, Aby l'attendait à son arrivée et les retrouvailles furent intenses. Ils ne rentrèrent pas directement au camp de base, ils louèrent une chambre d'hôtel et firent l'amour avec passion. Abygael voulait tout savoir de son séjour à Paris. Stan lui raconta sa rencontre avec le geek, mais préféra, pour ne pas l'effrayer, d'omettre de lui parler de son altercation avec les barbouzes du Vatican. Ce ne fut que vers dix heures du matin qu'ils prirent la route. Aby lui fit un topo sur la situation qui était au point mort, l'ambiance était toujours bonne et ils continuaient à quadriller les zones méthodiquement. Deux mois s'était écoulés depuis le départ de l'équipe pour rejoindre Stan et Patrick, la vie paisible à Zanzibar convenait à tout le monde.

Chapitre huit

Le Neptun Suecia

Pendant ce temps-là, dans son immeuble de la rue Borgo Vittorio, le cardinal était d'humeur furieuse. Le petit arrogant de Français avait tué deux des siens, il avait aussi fracassé un de ses meilleurs limiers et pour couronner le tout, la mission de Panganan, pour retrouver les soixante kilos d'or de Magellan, avait été un échec. En arrivant sur place, l'équipe de mercenaires envoyés par le bras droit de son éminence, s'était heurtée au réchauffement climatique. La partie de l'île où était enterré le butin, n'existait plus, la mer avait gagné du terrain et le métal jaune était immergé par dix mètres de fond. Les ex-militaires avaient tenté quelques sondages à l'aide de matériel sophistiqué, mais la nature en avait décidé autrement, les courants et les requins seraient à tout jamais, les gardiens du trésor d'un des plus grands circumnavigateurs au monde. Le cardinal n'avait pas dit son dernier mot, il appela l'évêque et le pria de téléphoner au geek, pour qu'il se bouge afin de retrouver celui qui l'empêchait de dormir sereinement. Pierre était dans son bureau parisien et travaillait sur un nouveau logiciel, quand le coup de fil qu'il redoutait depuis que Stan était venu chez lui, le fit sursauter. Il avait répété le scénario qu'il devait jouer maintes et maintes fois.

—Où en êtes-vous Pierre ?

—J'ai perdu sa trace, je pense qu'il est toujours au Guatemala, il faut que nous parlions, vous et moi, j'ai peur depuis que des hommes ont été assassinés chez moi !

—Écoutez mon garçon, ça n'aurait jamais dû se produire, et ça ne se produira plus, vous êtes sous notre protection et je vous promets que cet individu ne vous approchera plus, et c'est pourquoi, je vous demande d'intensifier vos recherches.

—J'ai votre parole que je ne risque rien, je veux pouvoir appeler quelqu'un s'il m'arrive encore une mésaventure de ce genre.

—Vous l'avez, je vais vous transmettre les coordonnées d'un homme qui travaille pour nous et qui vous protégera, faite-moi confiance !

Après un court silence, Pierre reprit la parole :

—Bien, je vais continuer mes recherches, merci de prendre soin de moi.

—C'est normal, vous faites bien votre travail et nous veillons sur les personnes qui sont dans notre cercle. Appelez-moi dès que vous avez du nouveau.

Pierre raccrocha, il était en nage, ses jambes tremblaient, le scénario avait l'air d'avoir fonctionné, pour le Vatican, il était toujours des leurs. Il descendit du toit-terrasse où il avait l'habitude de se poster afin de discuter discrètement avec l'homme d'Église. Un de ses collaborateurs lui demanda si ça allait, car il était tout pâle, il fit un geste de la main et regagna son bureau. Il pensait souvent à la jeune femme qui, par sa faute, n'était plus de ce monde, depuis que Stan lui avait fait des révélations sur la vraie nature de ses interlocuteurs italiens. De l'autre côté de l'Afrique, le Neptun Suecia faisait route vers le point indiqué sur la carte. Il y avait très peu de houle dans cette zone, et le temps était au beau fixe, alors Bakari mouilla la totalité de la chaîne. Le bateau se stabilisa au-dessus du dernier quadrillage effectué la veille. C'était au tour d'Esther de s'équiper et de commencer les recherches. Comme à chaque fois qu'une plongée débutait, toute l'équipe était concentrée. Ils firent un briefing, avant l'immersion du matériel. Oscar leur annonça la température de l'eau, la direction et la force du courant et du vent. Il leur fit les recommandations d'usage, en même temps qu'il parlait, il pointait une baguette de bois sur le tableau Velléda où tous les éléments étaient retranscrits.

Il leur rappela qu'un coup de sifflet long et persistant indiquerait la présence d'un problème sérieux, et que tout le monde devait rappliquer. Il leur demanda si tout l'équipage avait compris, ils répondirent oui, tous en chœur. Oscar prenait à chaque fois, une dizaine de minutes avec la personne qui descendait pour bien se mettre d'accord sur les termes à utiliser, et les différents signaux à envoyer en cas de panne sur les systèmes audio, vidéo, ou d'air. En tant que chef de mission, il donna le feu vert pour commencer à se préparer. Claude et Alain aidèrent Esther à s'équiper et rien ne fut laissé au hasard. Ils firent les essais des caméras avec Oscar qui optimisa le son et l'image. Ensuite, Alain verrouilla le casque Kirby Morgan, la Rolls du casque de plongée. L'oxygène lui parvenait directement, elle pouvait respirer sans effort. Toutes les descentes qu'ils avaient effectuées, les avaient aguerris dans la maîtrise du matériel. À aucun moment, ils n'avaient relâché leur sérieux, car ils étaient conscients que travailler par cinquante mètres de fond, était un exercice périlleux. Elle s'avança vers l'arrière du bateau, Stan avait l'impression de revivre une scène du grand bleu. Le pont était encombré pour le moment avec le cordon ombilical dont Sonia avait la responsabilité. En passant près de Patrick, Esther attrapa le détecteur de métaux et ferma le mousqueton sur sa ceinture pour ne pas le perdre, il la connaissait bien et savait à son regard qu'elle était déjà dans sa mission, Oscar donna le top départ. Aby était face à un tableau noir quadrillé servant à noter toutes les données qu'il lui communiquaient. Dans la colonne des heures, elle marqua treize heures dix-neuf. Esther était assise sur la plate-forme en teck, elle fit un signe de la main et sauta à l'eau. Oscar cria treize heures vingt, Aby l'inscrivit dans la case juste en-dessous. Esther entama une grande descente, il lui fallut vingt minutes pour atteindre le fond. Elle s'était laissée glisser le long d'un

filin prévu à cet effet. Une fois en bas, elle commença par regarder l'ordinateur de plongée fixé à son poignet gauche, elle annonça quarante-neuf mètres, la surface répondit tout bien pris. Parler le moins possible, ne transmettre que des informations en relation avec le job, Jean-Louis leur avait dit.

—Vous discuterez devant une bière de tout ce que vous avez vu, mais au boulot pas le temps.

Le cordon suivait, elle avançait debout en faisant de grands mouvements avec le détecteur qui pour le moment s'obstinait à rester silencieux. Oscar lui avait accordé vingt-cinq minutes de travail, elle était bien dans l'espace quadrillé à côté d'un mur formé par de la pierre volcanique et du corail de toutes les couleurs. Les poissons virevoltaient tranquillement autour d'elle. C'était toujours extraordinaire pour elle de voir la vie sous-marine. Au même instant, sur le bateau, ceux qui n'avaient rien à faire, regardaient l'écran sur lequel il y avait les images provenant de ses caméras. Claude était équipé, prêt à intervenir en cas de problème, il observait lui aussi, sachant qu'il était le prochain à descendre. Dans l'ensemble, ils effectuaient deux plongées par jour, car le temps était compté et les journées filaient à grande vitesse. Oscar commença à parler :

—Esther, tout va bien ?

—Oui ! Ici tout est OK, bonne visibilité et courant nul

—Dix minutes de plongée, il t'en reste quinze !

—OK tout...... pris.

Oscar et Claude se regardèrent…

—Tu peux revenir ?

—Tou............ ris

Tout à coup les caméras stoppèrent…

—Esther, tout va bien ? Nous n'avons plus d'image.

Ils attendirent une minute, plus rien, ni communication, ni vidéo, Oscar fit signe à Claude de plonger. Il s'équipa sans se précipiter, aidé par Alain et Stan, ce cas de figure avait été répété cent fois à l'entraînement. Claude se mit à l'eau avec ses bouteilles et deux de plus pour Esther, il descendit rapidement, quand il passa au-dessus du récif, un détail traversa sa vision, mais il était concentré, il fallait qu'il rejoigne son amie au plus vite. Quelques minutes plus tôt, Esther se rendit compte que quelque chose ne tournait pas rond. La lumière de son casque s'était arrêtée subitement et elle ne pouvait plus respirer que par intermittence. Elle décida de passer en mode survie, ce n'était pas la peine d'attendre. Elle commença par se détendre, se posa sur ses genoux pour être plus stable et ferma la vanne d'arrivée d'oxygène calmement ensuite elle bascula sur le biberon. L'air revint comme par miracle, elle savait qu'elle en avait assez pour remonter jusqu'au paliers. Esther fit demi-tour et regagna le filin par lequel elle était descendue. Ce fut à ce moment-là qu'elle vit Claude. Ils communiquèrent par signes et elle lui indiqua que tout était sous contrôle, ils quittèrent tranquillement les abysses, face à face, en gonflant leur gilet de stabilisation. Elle regarda son ordinateur de plongée et commença à calculer mentalement le temps des paliers et la hauteur où il fallait les faire. Le filin était marqué tous les dix mètres, et une chaise d'attente avait été descendue pour celui le plus long. Claude vérifiait régulièrement la pression dans la bouteille d'Esther, tout allait bien. Sur le pont, tout le monde était confiant, car Claude avait envoyé un ballon vert qu'il avait gonflé avec son détendeur pour prévenir que tout était sous contrôle. Après avoir bien respecté les temps nécessaires pour revenir à la surface, grâce aux bouteilles supplémentaires, les deux têtes émergèrent non loin du bateau. Alain et Stan avaient mis le zodiac à l'eau en cas d'urgence. Esther fit signe qu'elle remonterait par ses propres moyens à l'échelle de plongeur et elle fut accueillie chaleureusement par Sonia, Aby et Patrick. Claude avait enlevé son masque et patientait tranquillement, accroché au canot pneumatique, en attendant que son amie soit hors de danger. Bakari lui cria qu'il pouvait venir. Vingt minutes plus tard, tout le monde était à bord et tous les regards étaient tournés vers elle. Elle leur expliqua ce qu'elle avait ressenti et leur avoua qu'elle n'avait pas traîné pour passer de l'air du bateau à celui du « biberon », Oscar la coupa en disant que c'était exactement ce qu'il fallait faire. Tout le matériel fut rincé à l'eau douce, en faisant route sur le coffre où le navire serait amarré jusqu'à nouvel ordre. Oscar leur indiqua que tant qu'il n'aurait pas trouvé la panne, la mission était suspendue. Alors, Patrick et Stan improvisèrent une soirée grillade. Alain leur avait confectionné, dès son arrivée, un barbecue maison, avec un fut en fer qu'il avait découpé par le milieu et sur lequel il avait soudé des pattes en acier pour recevoir une grille. Une fois par semaine, une petite corvée était organisée et les volontaires partaient à la recherche de bois flotté qui servait de combustible. Tout le monde était d'accord pour dire que ça donnait un goût super aux aliments. La soirée était festive, au fond d'eux, ils savaient qu'Esther avait eu de la chance. Claude leur expliqua qu'il avait vu quelque chose sur la barrière de corail, et qu'il aimerait plonger et investiguer la zone le plus rapidement possible. Oscar n'avait aucune idée de ce qui avait pu se passer et il leur promit de se mettre au boulot dès le lendemain. Stan demanda à Claude d'être plus explicite.

—Quand je descendais, je n'avais qu'un objectif en tête, aider Esther. Arrivé presque en-bas j'ai quitté la ligne de vie, je pouvais gagner du temps en coupant par-dessus le mur de roche volcanique. Je savais exactement où était le quadrillage de recherche. En passant le corail, mon œil a été attiré par une masse noire qui n'avait rien à faire dans le décor. J'ai continué ma mission et j'ai zappé l'événement, je n'ai aucune idée de ce que ça peut être, mais j'aimerais aller investiguer pour en avoir le cœur net.

—Tu as raison, de toutes façons, nous devons explorer toutes les pistes. Dès que nous pourrons retourner en mer, vous irez voir de plus près.

Vers deux heures du matin, tout le monde rentra chez soi. Le lendemain après-midi, Oscar arriva avec de bonnes nouvelles, il avait trouvé la panne, mais il devait se rendre à Zanzibar afin d'acheter du matériel pour réparer les deux valises dont des composants étaient hors service. Bakari proposa de l'accompagner pour aller retrouver sa mère, le reste de l'équipe avait prévu de préparer le hangar où Esther devait travailler, si par bonheur ils mettaient la main sur le magot. Esther leur avait expliqué les différents procédés pour restaurer l'or et les diamants immergés pendant plus de quatre cents ans dans l'eau de mer. Le soir même, tout était prêt. Le lundi suivant, Bakari jetait l'ancre sur le point correspondant au quadrillage. Oscar avait donné son feu vert et tout était sous contrôle, les essais avaient été concluants. Claude, assis à l'arrière du bateau, s'apprêtait à plonger. Ils étaient convenus que la journée serait consacrée à investiguer la barrière de corail. La remontée volcanique faisait deux cents mètres de long environ sur six ou sept mètres de large et une dizaine de mètres de hauteur. Une fois en bas, il se rendit compte que la tâche allait être compliquée. Il commença par survoler « le mur », comme il l'avait surnommé, Claude essaya de refaire le même parcours qu'il avait fait quelques jours avant. Sur le bateau, tout le monde suivait sa progression via les caméras posées sur son casque. Des colonies entières de poissons multicolores virevoltaient dans tous les sens et avaient élu domicile dans cet habitat naturel. Curieux, ils n'hésitaient pas et venaient à la rencontre de l'intrus bardé de matériels. Le temps imparti pour sa plongée arriva rapidement à sa fin, et Oscar lui annonça qu'il devait remonter. Deux heures plus tard, Alain s'immergea. En arrivant sur zone, il poursuivit la recherche là où son ami l'avait laissée. En levant les yeux, il vit un banc entier de barracudas au-dessus de sa tête. Des murènes curieuses sortaient de leurs tanières au passage du faisceau lumineux de sa lampe. Les coraux de formes et de tailles différentes bougeaient au gré du mouvement de la mer. Il aurait pu demeurer à cet endroit des heures, mais il était en mission. Le détecteur de métaux était toujours muet et Alain quadrillait la zone méthodiquement. Vers la fin de sa plongée, il entendit un bip. Tout d'abord, il fut surpris, et sur le pont ce fut un choc, plus personne n'osa parler ni faire de bruit.

—Alain, nous avons les coordonnées GPS de l'écho sonore, mais tu n'as plus le temps, tu dois remonter !

—D'accord, tout bien pris !

Alain serait bien resté plus longtemps, mais il ne devait pas jouer avec la sécurité, surtout par cinquante ou soixante mètres de fond. Il était trop tard pour effectuer une nouvelle plongée, Oscar décida de remettre au lendemain la fouille. Alain fut bombardé de questions, tout le monde voulait savoir s'il avait vu quelque chose.

—Rien du tout, j'ai été tellement surpris par le bruit du détecteur de métaux que je ne savais plus quoi faire. J'ai regardé autour de moi, les sédiments que j'avais soulevés pendant ma recherche, rendaient la visibilité mauvaise. Mais, au moins, il y a eu un son.

Le mardi matin, toute l'équipe au grand complet était prête à six heures, c'était la première fois qu'ils partaient si tôt, il y avait une certaine excitation à bord. Oscar fit un briefing plus long que d'habitude.

—OK, écoutez-moi, tout le monde ! Esther plonge en premier et essaye de retrouver la source sonore. S'il s'avère que c'est concluant, Alain et Claude descendent avec tout le matos, les suceuses et la cage pour remonter ce que nous trouverons. Mais dans un premier temps, il faudra quadriller la zone de travail, pour une recherche méthodique. Esther se positionna sur le point GPS que lui avait donné Oscar. Elle commença par allumer le détecteur de métaux, ensuite, elle fit un geste large, de droite à gauche, et comme par magie, le son qu'ils attendaient tant, se mit à crépiter dans ses écouteurs. Elle regarda autour d'elle, au bout de quelques minutes, sous un groupe de gorgones rouges, elle remarqua un aggloméré noir qui dénotait dans le décor. Son cœur s'emballa quand elle écarta de la main les coraux et vit la masse volumineuse de plus près, sans pouvoir en déterminer l'origine. Elle posa le détecteur au-dessus, instantanément l'appareil donna toute sa puissance sonore. Sur le pont, tout le monde était persuadé d'avoir trouvé le magot. La voix d'Esther résonna dans les haut-parleurs :

—Je crois que c'est ce qu'on cherche !

—Vois-tu quelque chose ?

—Non, il y a trop de matière en suspension, mais c'est bizarre, cette masse n'a rien à faire là.

—OK ! Tu fais un point GPS, tu remontes et nous allons organiser le travail.

—Tout bien pris.

Ils quadrillèrent la zone et vers seize heures, quand tout le matériel fut rincé et rangé. Stan arriva avec des bières et du coca, tout l'équipage attendait Oscar pour le débriefing de la journée. Il demanda à Esther de leur faire part de son ressenti.

—Il y a une masse noirâtre qui pourrait correspondre à des besaces empilées, et à soixante centimètres environ, il y a une autre forme de la même couleur, comme si le dernier sac était tombé plus loin. La bonne nouvelle, c'est que l'endroit ressemble à une cuvette et que tout est resté dans un petit périmètre, la mauvaise, c'est que le corail a poussé tout autour et nous allons avoir du mal à investiguer.

Stan demanda :

—Alors, comment on s'organise ?

—Demain matin, on commence le travail, tout ce qu'on remonte devra être mis dans des bacs d'eau de mer, jusqu'à ce qu'Esther les traite dans le hangar.

La surface de fouille fut scrutée dans les moindres détails, tout ce qui était extrait du mur, était installé délicatement dans la cage prévue à cet effet. Sur le bateau, l'équipage s'affairait et déposait tout ce qui arrivait dans des bacs plastiques. En bas, c'était un vrai chantier, la suceuse fonctionnait à plein régime, l'expérience d'Esther facilita la prospection. Il leur fallut cinq jours pour passer la zone au crible. Les jours suivants, Esther avait troqué son habit de scaphandrier pour celui d'archéologue. Il ne lui fallut que quelques heures pour se rendre compte qu'ils avaient trouvé ce qu'il cherchaient. Après un mois de travail intensif, le résultat fut saisissant, les lingots, les pièces d'or, les diamants étaient posés sur une table recouverte de tissus épais. Des émeraudes de toutes les tailles avaient été mises à part, surtout celles qui étaient énormes par rapport à la moyenne. L'équipe au complet était hypnotisée, seul Stan avait déjà vu autant de richesse. Les uns après les autres, ils caressèrent les barres dorées et les pierres précieuses. La priorité fut de trouver un coffre-fort qui pourrait contenir la totalité du trésor. Ils se rendirent à la capitale pour ouvrir un compte à la Barclays banque et pouvoir déposer leurs prises en lieu sûr. Ensuite, Stan contacta le petit fils de Jean le diamantaire, et l'invita à venir à Stones Town. Deux semaines plus tard, l'homme d'affaires débarqua à l'aéroport, Stan l'accueillit et l'emmena dans son hôtel, où il lui montra les photos du butin. Max qui était dans le commerce de diamant depuis des années, n'avait jamais vu ça, il avait hâte de faire l'expertise du lot pour pouvoir faire une estimation. Le lendemain matin, ils se rendirent à la banque qui leur avait réservé une salle sécurisée, pour que Max puisse travailler tranquillement. Le reste de l'équipe était au village et commençait à plier bagage. Le hangar fut remis dans l'état d'origine et tout le matériel qui avait été subtilisé à la mission Powell, fut nettoyé et conditionné pour retourner chez le fournisseur. Une fois fini, Bakari, Sonia et Claude convoyèrent le Neptun Suecia à son port d'attache. Il devait redescendre avec Max et Stan pour la fête de fin de chantier. Le petit-fils de Jean avait été franc avec Stan, après avoir soustrait ses honoraires, il pouvait revendre l'ensemble du trésor à ses contacts, pour la somme de vingt-deux millions d'euros.

—Tu as carte blanche !

—OK, je m'y mets aujourd'hui même, j'ai quatre clients qui seraient ravis de s'arracher cette prise. La transaction se fera très vite et en toute discrétion. Tu ne connaitras pas les acheteurs, et eux ne sauront pas qui tu es. Dans deux mois, si tout se passe bien, je te verserai la totalité de la recette sur ton compte au Panama.

—Comment penses-tu t'y prendre pour sortir le magot d'ici ?

—Profitons du conteneur où vous avez stocké tout votre

matériel, nous le ferons arriver au Havre où j'ai une équipe de dockers qui travaillent pour nous depuis des années. Nous récupérerons le trésor et un camion acheminera le reste de la cargaison chez le fournisseur d'Oscar en Angleterre. Stan, ne t'en fais pas, ma famille fait ça depuis soixante-dix ans et mon grand-père m'a appris toutes les ficelles du métier. J'ai fait venir deux spécialistes, ils seront là dans deux jours ; quand ils auront fini, l'or et les diamants seront invisibles parmi tout votre fatras. Je donnerai ma main à couper que les douaniers n'y verront que du feu. Le soir même, il était tous attablés et Claude gérait le barbecue. Stan se leva et porta un toast à l'assemblée, ensuite, il fit le tour et remis à chaque membre de l'équipe un écu d'or. Les pièces frappées à l'effigie de Louis XIV jeune, dataient de mille six cent soixante et onze. Provenant du butin, il les avait soutirés avant expertise.

—Les amis, gardez ce trophée rare, le plus longtemps possible, pour vous rappeler de notre aventure.

La petite fête dura jusqu'à trois heures du matin et la fatigue l'emporta, car la semaine avait été riche en émotions. Le lendemain, Stan se rendit chez le chef du village, pour lui annoncer le départ du groupe.

—Nous vous avons fait un virement de cent mille dollars, pour vous et les habitants du hameau afin de vous remercier de nous avoir si bien accueillis.

—Je suppose que vous avez trouvé ce que vous étiez venus chercher ?

Stan marqua un temps d'arrêt, il ne voulait pas manquer de respect au patriarche.

—Oui, nous avons trouvé.

—Ne vous inquiétez pas, personne ne parlera de votre passage parmi nous. Nous savions que vous n'étiez pas là pour les photos, Bakari nous avait mis au courant et nous avait demandé de vous faire confiance. Au nom des villageois, je vous remercie et vous promets de veiller à un partage équitable pour tous. Vers quinze heures, après des adieux émouvants, ils quittèrent le village de « Babylone » comme ils l'avaient si bien susnommé, dans deux mini bus. Une fois de plus, ils s'installèrent dans leur hôtel préféré. Stan avait pris en charge toutes les dépenses de l'expédition depuis le début, profitant de l'argent récupéré chez le cardinal et surtout des richesses accumulées quand il était dans la peau de Shaul*. Il avait demandé au directeur de l'établissement de leur réserver une table un peu à l'écart pour parler business avec ses amis. Bakari et Stan avaient eu une grande conversation, au cours de laquelle le jeune Zanzibarite lui avait expliqué qu'il ne viendrait pas en France, car il voulait passer un maximum de temps auprès de sa mère. Le reste de l'équipe était d'accord pour poursuivre l'aventure avec lui, Esther et Oscar allaient aussi être de la partie. Stanislas leur avait donné rendez-vous dans trois mois à Callelongue pour préparer la récupération du trésor des Templiers et leur avait conseillé de prendre des vacances bien méritées. Il leur annonça que Max avait estimé à vingt-deux millions d'euros la revente du butin, instantanément une effusion de joie s'en suivit et tout le monde cria et tapa dans ses mains. Quand le calme fut revenu, Stan leur fit savoir qu'ils allaient chacun empocher, dans le courant de l'année, la somme d'un million d'euros, le silence fut de plomb. Pour détendre l'atmosphère, Patrick demanda si c'était possible de les recevoir en petite coupure.

* voir l'orphelin qui traversait le temps du même auteur.

—Non, mais je vais vous faire une avance de cinquante mille euros à chacun afin que vous puissiez voir venir d'ici là, vous l'avez largement mérité. Patrick entama un hip hip hip hourra, pour son ami de longue date. La soirée fut bien arrosée, les discussions allèrent bon train, sur leurs différentes destinations. Esther espérait faire visiter Bali à Patrick, Claude et Sonia décidèrent de s'envoler pour la Nouvelle Zélande. Quand Alain demanda à Stan où il voulait voyager, la réponse fut simple :

—Peu importe l'endroit, du moment que je suis avec Abygael. Et toi ?

—Je vais proposer à Yann, une croisière dans les îles Tuamotu. Je vais louer un gros catamaran et nous naviguerons tranquillement, jour après jour.

La fête s'éternisa et personne ne souhaitait quitter la table. Vers cinq heures du matin, Oscar tira sa révérence, car il avait un avion pour l'Afrique du Sud à quinze heures trente l'après-midi. Ce fut le déclic, tout le monde se leva et, après des embrassades sans fin, chacun regagna sa chambre.

Stan demanda à Abygael où elle aimerait se rendre pour de longues vacances

—J'ai toujours rêvé de visiter le Japon.

—Va pour le Japon !

Elle s'approcha de lui, le prit dans ses bras et l'embrassa fougueusement. Ils firent l'amour tendrement et s'endormirent l'un contre l'autre.

Chapitre neuf

Rome

Pendant ce temps-là, le cardinal se reposait sur une île du lac Majeur, « Isola Bella », un lieu qu'il affectionnait particulièrement. Ce petit bout de terre faisait partie des îles Borromées où il avait résidé pendant six années, dans un monastère. Pour lui, c'était une sorte de pèlerinage, il ferma les yeux et replongea dans un passé lointain.

Rome, année mille huit cent dix-sept.

Il venait d'avoir dix-huit ans. Une nuit, dans son sommeil, commencèrent les premiers troubles « typiques chez les renaissants ». Très vite, il comprit ce qui se passait, grâce à la mémoire additionnelle qu'il maitrisait à la perfection. Il avait conscience de son don et se souvenait parfaitement de toutes ses existences antérieures. Une mélancolie considérable l'envahit, en songeant aux nombreux amis qu'il avait perdus, tout au long de sa destinée. Il était seul et triste en pensant à la femme qu'il avait aimée comme un fou dans la vie précédente. Cette nuit-là, il prit la décision de quitter le monde qui l'entourait et d'entrer dans les ordres. Dans un premier temps, tout se passa à merveille, il trouva la paix qu'il était venu chercher, les longues heures de prière et de méditation lui firent le plus grand bien. Un jour, il osa parler de son don au père supérieur, celui-ci le laissa s'exprimer, mais avertit aussi tôt l'archevêque, par crainte d'hérésie. Ce fut un moment de vastes souffrances, l'évêque et le cardinal Annibal Sermenttei Della Genga « qui allait devenir le pape Léon XII », avaient fait le déplacement. Ils voulaient entendre les divagations du jeune moine et le ramener à la raison. Les catholiques n'hésitèrent pas à le torturer, mais rien ne lui fit changer sa version des faits, heureusement, un détail lui sauva la vie. Il leur parla d'une relique ancienne qu'il avait volée dans une église en France, une centaine d'années plus tôt. C'était lors de la grande épidémie de peste à Marseille, en mille sept cent vingt.

Il avait subtilisé le crucifix en or de monseigneur de Belsunce, évêque de la cité phocéenne, dont la bravoure fut reconnue de tous. Il leur indiqua l'endroit exact où il avait caché son butin et leur fit la liste de tout ce qu'ils y trouveraient. Il leur raconta comment s'était déroulée la catastrophe et ses dires corroboraient ce qui était écrit dans les livres, ouvrages auxquels il n'avait pas accès . Un religieux fut désigné pour aller chercher le trésor, pendant que lui, croupirait dans une cave humide du monastère. À son retour, le moine exhiba sa trouvaille. Le cardinal était un visionnaire, ouvert d'esprit, il pensa à tous les services que cette anomalie de la nature pourrait rendre à l'Église. Il le fit sortir de sa geôle et conduire sur le lac Majeur, où il fut soigné et termina son apprentissage catholique. Il passa six ans sur l'île « Isola Bella » où le prélat venait lui rendre visite régulièrement. Il aimait entendre sa recrue lui raconter la vie dans les siècles passés. Quand il fut élu pape, il l'invita à Rome et le nomma cardinal à la plus grande stupéfaction de son entourage. Il lui confia la tâche de retrouver des gens comme lui, pour voir si l'un d'entre eux aurait croisé Jésus de Nazareth. Il l'installa dans l'immeuble de la rue Borgo Vittorio et dépêcha du personnel pour l'aider dans sa mission. Le Saint-Père fit rédiger un manuscrit expliquant les facultés et les services que pouvait rendre son protégé, à l'intention des futurs papes. Le document fut scellé et enfermé dans un coffre secret accessible seulement au chef suprême de l'Église catholique romaine. Le jeune homme prit son travail à cœur, électron libre au sein de sa communauté, il suscitait de la peur et de la jalousie au Vatican. Il sillonna tous les pays alentours pour collecter des indices afin de trouver des renaissants. Sortant de ses pensées, l'homme d'Église ouvrit les yeux et attrapa son téléphone portable et appela son intendant.

Tout en regardant le paysage qu'il affectionnait tant, il entama la conversation :

—J'ai patienté trop longtemps, je veux voir l'informaticien à Rome, je vais l'interroger, car j'ai l'impression qu'il nous cache quelque chose !

—Bien, Éminence, je m'en occupe, séance tenante.

Quatre jours plus tard le geek débarquait à l'aéroport international Leonardo Da Vinci où l'attendait un chauffeur au volant d'une limousine noire. L'évêque l'avait appâté en lui demandant de venir faire une conférence sur le net dans une université religieuse. Il fut conduit dans la cellule où Stan avait été retenu avant de s'évader, quand il entendit la porte se fermer à clé il comprit que son avenir était compromis. Le lendemain, il se retrouva en face de l'inconnu pour qui, il surveillait la toile depuis des années et dont il ne connaissait pas le nom.

—Sais-tu qui je suis ?

—Je pense que vous êtes la personne pour qui je travaille depuis des années.

—Effectivement, tu n'aurais jamais dû me rencontrer, malheureusement, nous avons un problème, toi et moi. J'ai l'impression que tu nous caches quelque chose à propos de monsieur Toussaint…

—Non, je vous jure...

—Ne blasphème pas ici, s'il te plait, tout à l'heure, je te reposerai quelques questions précises, dans une salle équipée de matériel propice à délier les langues. Emmenez-le !

Pierre comprit tout de suite qu'il allait souffrir, il n'avait aucune idée de l'endroit où se trouvait Stanislas Toussaint.

À Zanzibar, presque tout le monde était parti vers leurs destinations de voyage. Aby et Stan devaient patienter quelques jours afin d'obtenir leur visa pour le Japon. Ils mangeaient tranquillement à la terrasse ombragée de leur hôtel, quand ils virent Guy arriver le pas pressé :

—Bonjour, Stan, je peux te parler, en tête à tête ?

—Je n'ai aucun secret pour Abygael, je t'écoute.

—Moses surveille le geek, depuis que tu as fait éruption chez lui. L'informaticien a reçu un mail l'invitant à se rendre à Rome. Nous pensons qu'il est en danger et que le cardinal a compris qu'il ralentissait les recherches. Il a pris l'avion pour Rome et la dernière position que son téléphone indique, c'est l'immeuble où tu as été enfermé.

Stan prit un temps de réflexion.

—Je ne peux pas le laisser comme ça, c'est de ma faute, s'il est dans cette situation.

—Nous nous doutions que tu dirais un truc dans le genre. Moses est en route pour l'Italie, nous avons un avion demain matin à quatre heures trente. Le voyage dure environ une quinzaine d'heures, quand nous arriverons, ça sera son troisième jour de détention.

—Merde, il sera probablement mort. Si je comprends bien, vous êtes d'accord pour m'aider à le sortir de là ?

—Oui, on te doit bien ça.

—OK, rendez-vous à l'aéroport vers trois heures, le voyage nous permettra de commencer à mettre une stratégie au point.

—D'accord, à demain

Guy repartit comme il était venu. Stan fit face à Abygael qui était très inquiète de la tournure des événements.

—Je suis désolé, mon amour, mais je dois y aller, ce

garçon risque de mourir si nous n'intervenons pas.

—Il n'a pas hésité, lui, à te jeter en pâture à ces salauds !

—Ne résonnons comme ça, si nous mettons un terme aux agissements du cardinal, nous serons tous tranquilles pour très longtemps.

—Mais il a le même don que toi et dans vingt ans, il sera de retour, avec une seule obsession, te tuer !

—Il y pense déjà depuis que j'ai fait irruption dans son bureau. Pour le moment, j'aimerais que tu restes ici pour ta sécurité.

—Promets-moi d'être prudent !

—Tu as ma parole !

Aby avait les yeux rougis, en lui prenant la main, Stan lui demanda...

—S'il te plaît, fais-moi confiance, c'est l'affaire d'une semaine, ensuite, je te jure que nous partirons au Japon.

Sachant qu'il avait déjà pris sa décision, elle préféra le laisser partir serein.

—D'accord, je vais rester ici et je vais aider Bakari à préparer sa saison, ses premiers clients arrivent dans un mois.

—C'est une bonne idée. Nous n'avons jamais vraiment eu le temps de parler du magot des Templiers, il faut que je te donne tous les détails pour que tu puisses organiser sa récupération, si je tardais à venir.

—Ce n'est pas la peine, nous irons ensemble.

—Aby, je suis obligé de penser à tous les cas de figure !

Stan lui dévoila l'emplacement du trésor. Il lui expliqua comment accéder à sa cachette et lui fit un dessin de la marque qu'il avait fait sur la grève. Aby paniqua en pensant que s'il lui racontait tout ça, elle risquait de ne plus le revoir. Stan trouva les mots pour apaiser ses craintes, et Aby se détendit un petit peu. Ils passèrent le reste de la journée à se balader dans les rues de Stone town. Stan avait demandé à Aby de ne pas l'accompagner à l'aéroport et elle avait accepté sans trop hésiter, car elle savait que les adieux seraient douloureux. Le retour dura seize heures et quand ils arrivèrent à destination, ils virent Moses qui les attendait. Présentation faite, ils se dirigèrent en direction de Rome où l'Américain avait réservé trois chambres d'hôtel. Pressés par le temps, ils continuèrent à réfléchir à la façon de procéder, dans la voiture de location qui les menait à la cité romaine. Dans l'avion, ils avaient imaginé plusieurs scénarios différents. Une fois installés, ils se réunirent dans la piaule de Guy où Stan leur dessina le plan du bâtiment tel qu'il s'en souvenait. Tout en bas, se trouvaient les cellules, au niveau supérieur, le laboratoire où ces fumiers faisaient leurs expériences, ensuite, le garage et encore au-dessus, on arrivait au rez-de-chaussée. Son éminence habitait un luxueux appartement de l'autre côté de la cour pavée, dans l'immeuble d'en face, réservé aux scientifiques et aux différents bureaux. Celui du cardinal était au deuxième, de là il régnait sur sa petite entreprise lucrative. D'après le dessin de Stan, Moses avait fait un plan en trois dimensions sur son ordinateur. Il pouvait mieux se rendre compte de la situation. Grâce à Google Maps, il avait visualisé toutes les rues autour de l'édifice, et les possibilités pour fuir au plus vite.

—Vous avez un plan pour entrer dans cette forteresse ?

—J'ai piraté leurs ordinateurs, ils attendent une commande de vivres et le camion est prévu pour demain neuf heures. Il part d'un entrepôt à une heure d'ici, à mon avis, c'est notre meilleure chance.

—OK, comment voulez-vous procéder ?

—On braque le véhicule en douceur, j'ai récupéré quelques seringues de sédatif, j'en utiliserai une pour le chauffeur, ensuite, on le charge dans le camion. C'est Guy qui parle le mieux italien, alors il conduira, toi et moi, nous nous planquerons à l'arrière avec la marchandise. Une fois à l'intérieur, nous neutraliserons les gardes. En fouillant dans leur base de données, j'ai eu accès au CV du personnel, la plupart sont des civils, sauf deux ex-militaires.

—Dans mon souvenir, les gugusses portaient des Tasers, les militaires étaient positionnés près des locaux du cardinal et les deux gardes du garage avaient des flingues.

—Les militaires, c'est sûr, sont armés, j'ai trouvé des documents prouvant qu'ils s'entraînent une fois par mois dans un stand de tir. Les autres sont plutôt des vigiles, mêmes enfouraillés, ils seront moins dangereux.

—Nous avons besoin de répondant !

Moses ouvrit l'armoire où trois jeux complets, pistolets, silencieux et holsters trônaient sur l'étagère du haut. Alors que sur celle du dessous étaient posés une quinzaine de chargeurs ainsi que des anesthésiants et trois paires de gants.

—J'ai eu cet arsenal grâce à un copain des forces spéciales italiennes, qui me devait un petit service. Il me l'a donné sans me questionner, je t'expliquerai leur maniement.

Ils finirent de peaufiner le plan, en y incluant le plus d'imprévus possible. Stan leur raconta son évasion, en essayant d'apporter un maximum de détails sur tout ce qui lui revenait en mémoire. Il eut droit à un cours privé sur l'utilisation des armes, Guy en grand pédagogue prit l'affaire en main. Il lui fit voir les différentes façons pour

utiliser les sécurités, installer le silencieux, introduire le chargeur et enlever la balle dans le canon. Ensuite, il lui montra quelques postures de tir et il rappela l'importance des appuis pour faire mouche. Il lui tendit le Glock 17, Stan le prit et s'approcha du bureau ; rapidement, il démonta et remonta le pistolet, enclencha le chargeur et se mit en position prêt à faire feu, sous les yeux ébahis de ses deux compères. Dans un italien parfait, il leur dit qu'ils avaient beaucoup de choses à apprendre sur lui et qu'il serait heureux de les voir travailler avec son équipe, car il avait de grands projets. Ils se quittèrent vers minuit, en se donnant rendez-vous à six heures le lendemain.

Deux jours plus tôt dans la bibliothèque du prélat.

—Éminence, l'informaticien est dans la salle que vous nous avez fait préparer.

—Nous allons le laisser réfléchir deux ou trois jours dans le noir, sans nourriture, je suis sûr que ce laps de temps le rendra plus loquace.

Sur une route de campagne à une heure de Rome, les trois compères virent le camion sortir de l'entrepôt qu'ils surveillaient depuis le petit matin. Guy avait mis l'automobile en travers de la chaussée, et naturellement, le conducteur s'arrêta, en espérant ne pas trouver de blessés. Il ne regarda pas longtemps, car il s'écroula quelques secondes après avoir senti une piqure dans son coup. Guy le rattrapa avec l'aide de Moses et ils le déposèrent dans le bahut parmi les marchandises. Dix minutes plus tard, la voiture et le camion faisaient route sur l'hôtel particulier du cardinal. Guy qui parlait couramment italien, avait pris le volant du poids lourd, Moses et Stan étaient à l'arrière à côté du chauffeur allongé sur des sacs de pommes de terre. Il présenta son véhicule dans l'allée qui menait à l'interphone pour se

signaler. La personne derrière son pupitre baissa son journal et regarda l'écran, comme tout lui semblait normal, elle actionna la porte. Quand celle-ci fut complètement ouverte, il avança dans l'immense garage. Sa surprise fut de taille, les hommes en noir étaient au nombre de huit, il y avait aussi le cuisinier et le gars qui lui avait ouvert, sortait de son bureau. Guy s'assura que son holster ne se voit pas, il descendit doucement et fut accueilli par le chef qui avait l'air énervé.

—Comme d'habitude, vous êtes en retard...

—Désolé, c'est mon premier jour.

—Eh bien ! Tu commences mal, mon garçon !

—Vous êtes nombreux !

—Ce n'est pas toi qui vas envoyer les vivres en cuisine, allez bouge, j'ai du boulot !

Tout en discutant, il avait analysé la situation, les vigiles plaisantaient entre eux sans se soucier de la surveillance de la zone. Un seul d'entre eux était armé, ils avaient tous posé leurs vestes ainsi que leurs Tasers, pour être plus à l'aise pour faire la chaine. Tout le personnel de ce bâtiment avait dû être réquisitionné pour la corvée de ravitaillement. Guy s'approcha de l'arrière du bahut et descendit le hayon pour pouvoir ouvrir les portes. Il savait que Stan et Moses étaient à l'affut, il parla fort :

—C'est cool ça va être rapide, à dix personnes !

Le chef commençait à s'impatienter :

—Bon, tu l'ouvres ton camion, oui ou non ?

—Minute, j'y vais.

À l'intérieur, ils avaient compris le message, ils allaient se retrouver face à une dizaine d'individus et ils ne pouvaient plus reculer. Ils sortirent leurs armes, prêts à

mettre en joue le personnel. La porte s'ouvrit et ils jaillirent du camion, Stan hurla en italien.

—Personne ne bouge, levez les mains et mettez-vous à genoux !

Stupéfaction générale, Guy appuya son flingue sur la tête du cuistot, il aurait bien tiré directement. Les vigiles s'exécutèrent sans opposer la moindre résistance.

—Toi, jette ton calibre !

Le gaillard défit sa ceinture et la balança loin en face de lui. Guy sortit une piqure et la planta dans le coup du cuisinier qui s'écroula, devant l'assistance médusée...

—Lui, il ne vous emmerdera plus, il est mort, « cyanure » alors écoutez moi bien, vous allez monter dans le bahut un à un, et il ne vous sera fait aucun mal.

La peur avait envahi leur visage, d'où il était, il pensait vraiment que le chef avait clamsé. Ils suivirent les ordres et s'approchèrent du camion. Stan les installa les uns à côté des autres, après leur avoir passé des colliers de serrage en plastique aux mains et aux pieds. Moses les fouilla rapidement, ils n'avaient rien sur eux, pas de radio ni d'objet pouvant couper leur lien. Guy passa dans le rang et piqua les prisonniers avec ses anesthésiants. Ce fut radical ils dormaient tous profondément. Ils descendirent, fermèrent les portes et remontèrent le hayon.

—Ils vont pioncer au moins pendant une heure, et ensuite, ils seront dans le coaltar encore un bon moment, ça nous laisse environ deux heures pour le trouver et déguerpir d'ici.

—OK, on commence par les cellules.

Ils se rendirent au troisième niveau, trois portes étaient entrebâillées et une close. Naturellement, Guy et Moses retrouvèrent leurs réflexes d'anciens militaires, ils avançaient arme au poing, en se protégeant l'un et l'autre. Stan n'eut aucun mal à les suivre et entra dans la progression en surveillant leurs arrières. Ils jetèrent un œil dans les chambres ouvertes, elles étaient vides. Moses défonça celle qui était fermée d'un grand coup de pied, sur le lit entravée par des sangles, il y avait une jeune femme qui dormait d'un sommeil profond. Stan demanda à ses amis de sécuriser le couloir. Pour le moment, leur intrusion n'avait toujours pas été détectée. Il regarda la fille qui avait probablement subi le même sort que lui, quand il était dans ces locaux de malheurs. Elle était chauve et elle avait un cathéter disposé sur son bras gauche. Elle avait dû déjà endurer les agressions du professeur de neuro science à qui il avait eu à faire lui aussi. Avec précaution et bienveillance, il essaya de la réveiller. Elle était dans le coaltar, mais néanmoins elle ouvrit les yeux et fut surprise de voir un homme sans blouse blanche ni costume noir.

—Écoute, ne fais pas d'effort brusque, nous allons te sortir de là. Nous sommes à la recherche d'un informaticien qui a été enlevé comme toi, il faut que nous le retrouvions avant qu'ils le tuent. As-tu entendu parler de lui ?

Elle fit non de la tête.

—Il faut que tu me fasses confiance, je vais te détacher. Ton instinct va sûrement te pousser à me tuer pour t'échapper, je sais de quoi tu es capable, j'ai le même don que toi. Je suis venu pour mettre fin aux agissements du cardinal. Je m'appelle Stanislas Toussaint, j'ai réussi à m'enfuir de ce trou à rat, il y a quelques mois.

Elle parla très doucement.

—Je suis là depuis un mois, je crois, et j'ai entendu ton nom une fois, le petit docteur parlait de toi.

—Es-tu prête à sortir ?

Elle baissa la tête pour dire oui, Stan la libéra de ses entraves et elle n'opposa aucune résistance.

—Moses va t'emmener loin d'ici, au cas où ça dégénère, souviens-toi de cette adresse, hôtel de la Tour à Sanary-sur-Mer. Laisse un message pour Abygael ma compagne où pour moi et on te retrouvera. Comment t'appelles-tu ?

—Vicky.

—Attends deux minutes, il alla voir Moses

—Je te la confie, tu prends une bagnole dans le garage et tu retournes à l'hôtel la mettre en sécurité. Largue la caisse le plus loin possible de la piaule et brouille les pistes s'il te plait, et si elle veut te fausser compagnie, laisse-la partir.

— Mais, vous allez avoir besoin de moi.

—Pour le moment, c'est elle qui a besoin de toi.

—Guy, il faut que nous allions dans l'autre bâtiment.

—OK.

Ils stoppèrent au garage. Moses soutenait Vicky et avant que la porte se referme, elle braqua les yeux sur Stan et lui dit merci. Les deux hommes continuèrent leur progression. Quand l'ascenseur s'ouvrit à nouveau, ils étaient au rez-de-chaussée dans le jardin qui devait faire l'objet de l'entretien courant, car les pelouses, les arbres et les fontaines formaient un ensemble magnifique. Ils passèrent sous le cloitre centenaire, pour plus de discrétion et en arrivant à l'entrée, Stan regarda furtivement à l'intérieur pour voir si la voie était libre. Personne ! Le bureau à l'entrée était vide, Stanislas fit signe à Guy d'avancer. Ils longèrent le laboratoire des scientifiques, dont un mur d'un mètre vingt, surmonté d'une baie vitrée allant jusqu'au plafond, créait une séparation avec le couloir. L'épaisseur du carreau insonorisait la pièce de tout bruit extérieur, ce qui leur permirent de progresser doucement et accroupis, sans se faire remarquer. Près de l'escalier, ils stoppèrent net, car la porte des toilettes s'ouvrit. Ils se baissèrent encore plus et virent un homme en noir apparaître. Guy attrapa le bras de Stan qui était prêt à s'élancer et passa devant lui en sortant une seringue de sédatif. Quand le vigile les dépassa, l'ancien légionnaire fit un bond et lui planta l'aiguille dans la fesse, il appuya violemment sur le piston qui libéra la substance relaxante. La forte dose de produit se répandit dans le système nerveux du pauvre bougre qui s'effondra. Guy prit le gaillard par les épaules et le tira jusqu'aux toilettes, après avoir refermé, ils continuèrent leurs recherches. Ils trouvèrent deux salles dont l'accès était verrouillé, impossible de les enfoncer sans éveiller la curiosité des gardes de l'étage supérieur. Guy fit un signe à Stan pour lui indiquer de patienter, il retourna sur ses pas pour fouiller le vigile endormi, et en revenant, il exhiba fièrement un trousseau de clés. Dans la première pièce, il y avait du matériel de laboratoire neuf et un tas de cartons qui n'avaient pas encore été ouverts. Pierre était à côté, terrorisé par le bruit des serrures, quand Stan poussa la porte, il le trouva dans le noir sanglé sur une armature en ferraille. Guy parla doucement pour ne pas effrayer le garçon davantage.

—Ça ressemble à une salle de torture, sauf que le matos et moderne.

Stanislas s'approcha du prisonnier qui sanglotait, il le rassura et le détacha en lui promettant qu'ils allaient le sortir de là. Au même instant, un homme en treillis fit irruption dans la pièce en les braquant avec un flingue. Guy qui n'était pas dans son champ de vision, lui cola une balle dans la tête, le militaire tomba lourdement un filet

de sang coulait entre ses lèvres.

—C'était lui ou nous !

Guy venait probablement de leur sauver la vie. Il regarda dans le couloir pour voir si le soldat n'avait pas appelé du renfort à la rescousse, après un petit moment, ils se rendirent compte que personne n'était en route pour l'aider. Ils firent demi-tour et Stanislas demanda à Guy de sortir Pierre et de le ramener à l'hôtel. Le geek était traumatisé, il avançait sans vraiment comprendre ce qui se passait. Stan l'accompagna jusqu'à l'ascenseur.

—Prends soin de lui, peut être qu'une de tes seringues lui ferait du bien…

—Tu es sûr de vouloir l'affronter seul ?

—Oui, il faut que j'en finisse. Si je ne rentre pas, contacte Aby, elle saura quoi faire, je lui ai laissé des instructions.

Guy lui serra la main en lui souhaitant bonne chance. Stanislas regarda le bâtiment où il allait y avoir une confrontation en tête à tête avec son éminence. Arme à la main, il fonça vers l'hôtel particulier de l'homme d'Église et repassa discrètement dans le cloitre. Il retourna aux toilettes et sortit le vigile pour l'emmener dans la salle de torture. Il le sangla sur le lit et lui bâillonna la bouche, Stan souffla, car l'individu était lourd et il avait dû produire un effort conséquent pour le bouger sans se faire remarquer. Il fit l'inventaire de son équipement, son flingue, trois chargeurs en plus de celui qui était déjà engagé, un couteau et des colliers de serrage en plastique. Il était concentré sur sa mission et il ne voulait pas reculer. Sa décision était prise, il fallait éliminer le cardinal. Il savait que le prélat ne se laisserait pas faire et qu'il devait avoir appris à se battre pendant toutes ces années. Il fit quelques assouplissements et quelques étirements, il était prêt. Il ferma la porte à clé

et s'engagea dans l'escalier, en monta marche par marche, sur la pointe des pieds. La moquette fournie étouffait le craquement du bois, et arrivé en haut, il regarda à droite et à gauche pour voir s'il y avait un soldat en faction. Le passage était libre, il resta sur ses gardes et s'approcha du bureau du cardinal, quand il tomba nez à nez avec un militaire qui sortit son arme en le voyant. En une fraction de seconde, Stan le tint en joue et lui tira une balle dans la tête. L'homme décolla de terre sous l'impact et s'écroula sur le sol, amorti par l'épais tapis qui couvrait le couloir. Grâce au silencieux, la déflagration n'avait pas été trop bruyante. Stan enjamba le corps et pénétra dans la pièce d'où il s'était échappé quelques mois plus tôt. À sa grande surprise, elle était vide. Il en inspecta les moindres recoins pour être sûr que le vieux ne s'y cache pas. Machinalement, il jeta un œil sur le coffre-fort qui était fermé. Il s'engagea en direction du dernier étage, là où l'homme d'Église avait son luxueux appartement. Stanislas n'était jamais monté jusque-là, alors il avança comme Wangdak l'aurait fait, s'il avait été là. En posant les pieds sur le palier, il sentit instantanément le changement de standing. Un tapis persan comme il en avait vu quand il était dans la peau de Maric et sans nul doute d'une grande valeur, recouvrait tout le couloir. Il se souvenait d'avoir été époustouflé par le même genre de chef-d'œuvre d'habileté dans une commanderie templière en Allemagne. Les murs étaient décorés par des toiles de maîtres, plus belles les unes que les autres et quelques sculptures de petites tailles étaient enfermées sous des cloches de verres, sur des supports qui ressemblaient à du marbre d'Ankara. Un pan entier d'une cloison recouverte de marqueterie à la française, représentait le chemin de croix. Stan se posta devant une porte en bois précieux, dont il actionna délicatement la poignée afin de s'introduire dans l'appartement. Le salon qui s'ouvrait face à lui était immense, visiblement le propriétaire aimait les antiquités. Les plus grands musées d'Europe auraient payé cher pour pouvoir acquérir les pièces de collection qui trônaient ici et là. Stan suivit sa progression, dans un silence inquiétant, il redoubla de vigilance en écartant les panneaux coulissants à la japonaise, pour pénétrer dans ce qui ressemblait à une salle de prière. En poursuivant son investigation il passa à côté d'une chambre, où un lit à baldaquin donnait sur une terrasse ombragée. Stan s'approcha, d'où il était, il avait une vue imprenable sur la cité du Vatican. Il continua et arriva sur la dernière entrée, toujours son Glock à la main, il fit glisser le vantail vers la gauche, le cardinal était là et il l'attendait assis en tailleur sur un tatami, il portait un habit de combat. L'homme d'Église avait recréé chez lui un dojo japonais, derrière lui sur le mur il y avait le portrait du grand maître Morihei Ueshiba, inventeur de l'aïkido. De part et d'autre, il y avait toutes sortes d'armes que Stan connaissait bien, pour avoir été dans la peau d'un moine Shaolin. Des sabres de différentes tailles, des bâtons aux noms bizarres (bô, jô, kuruma-bo) et bien d'autres moyens d'attaques et de défenses étaient posés sur des supports spécifiques. Le vieux prit la parole :

—Bonjour, je t'attendais, je suppose que tu es venu dans l'intention de me tuer !

—Oui ! C'est exactement ça, je vais mettre fin aux souffrances que tu fais subir à mes semblables.

Il avait haussé le ton sans s'en rendre compte, une voix intérieure l'appela à la sérénité, comme si Wangdak lui envoyait un message en pensées. Il se calma immédiatement, l'homme d'Église aurait aimé que Stan perde son sang-froid.

—Tu peux m'abattre d'une balle, mais je te propose un

marché. J'imagine que dans ta longue lignée, un de tes avatars était spécialiste d'une discipline d'art martial. Si tu me bats en combat singulier, quand je reviendrai, je te laisserai toi et les tiens. Tu n'entendras plus parler de moi. Stanislas n'avait pas trop le choix, s'il le tuait brutalement, l'affaire serait réglée, mais en renaissant, le prélat doté de sa mémoire additionnelle mènerait une vendetta violente envers lui et ses amis. Pouvait-il lui faire confiance ? il n'en avait aucune idée. Les deux hommes se firent face à face. Stanislas était vêtu d'un pantalon en toile, après avoir posé ses armes il s'était mis torse nu et pieds nus pour plus d'aisance dans l'affrontement. Le cardinal arborait l'habit traditionnel d'aïkido, un hakama bleu, une veste blanche et une ceinture large de couleur noire. Les deux combattants s'avancèrent au centre du tatami et se saluèrent. Stan laissa sa rage reprendre le dessus, il cogna le premier, le vieux anticipa la percussion violente portée à son visage, et se servant de l'énergie de son challenger, il le propulsa trois mètres plus loin. Stan revint à la charge, en envoyant une frappe circulaire à la tête de son adversaire, qui bloqua sa jambe et avec le plat de sa main, lui assena un coup dans les testicules. Stanislas ne pouvait plus respirer, il était en boule sur le tatami.

—J'ai l'impression que tu n'as pas saisi toutes les facettes de ton don, tu ne le sais pas encore, mais la mémoire additionnelle ne suffit pas. Je m'entraîne trois fois par semaine avec un professeur japonais qui a bien voulu quitter Tokyo pour venir m'enseigner son art. J'imaginais que j'aurais eu plus de mal à te tuer. Stan se releva, la douleur était réelle, il essaya de faire le vide dans sa tête, au moment où il se redressait, le cardinal lui envoya une série d'uppercuts au visage. Il pensa instantanément à Shaul quand il s'était fait tabasser par la brute nazie. Il recula sur les fesses dans un coin de la salle pour reprendre son souffle.

Son rival fondit sur lui et lui donna un coup avec le talon dans le ventre, ensuite, il lui serra le cou d'une main et de l'autre, il lui couvrit le nez et la bouche. Stanislas comprit qu'il n'aurait pas le dessus malgré sa jeunesse, son erreur d'appréciation allait lui coûter la vie, il vit le visage d'Abygael et pensa à toutes les choses qu'il ne lui avait pas dites.

—Je vais en finir avec toi, mais malheureusement tu ne renaitras pas. Ton corps va faire l'objet de plusieurs expériences et quand mes neurochirurgiens en auront terminé, ils t'injecteront un produit qui a été spécialement conçu pour des gens comme toi, la fosse commune sera ta dernière demeure. Mon seul regret, c'est de ne pas avoir pu récupérer, les trésors que tu as sûrement cachés tout au long de tes existences.

Le prélat avait de la haine dans les yeux, une larme coula sur la joue de Stan. Alors que son cœur aurait dû s'accélérer à cause du stress généré par la situation, Stanislas sentit une grande paix intérieure l'envahir. Sa mémoire additionnelle se décupla, il se rappela les heures et les heures d'entraînement qui avait forgé sa personnalité. Il profita d'un moment de relâche de son rival et le projeta sur le côté, il roula à l'opposé et remplit ses poumons d'air frais. Il était étourdi, il se posa sur ses genoux et ferma ses paupières.

—Bien, je vois que tu as de la ressource, tu veux jouer encore un peu, ça me va très bien. Je vais te faire souffrir !

Quand Stanislas rouvrit les yeux, le cardinal comprit tout de suite qu'il s'était passé quelque chose et que son adversaire n'était plus le même. Stan se mit en position de combat, son rival frappa et avec une facilité déconcertante, le jeune esquiva et lui donna un violent impact dans la poitrine. Le vieux émit un son rauque en s'accroupissant et se tenant le torse, la souffrance se lisait sur son visage. L'ancien attaqua de nouveau avec une haine extraordinaire, les deux individus se rendaient coups pour coups, les poings, les pieds, les genoux étaient des armes redoutables, les heurts étaient brutaux. Un de ces deux-là ne ressortirait pas du dojo personnel de son éminence. Le prélat poussa violemment Stan qui recula de quelques mètres, il sentit une chaleur envahir sa poitrine, du sang coulait sur ses pectoraux en sueur. Il regarda son adversaire qui avait une lame à la main.

—Tu me dois bien ça, tu as quarante ans de moins que moi…

L'homme d'Église cachait dans ses vêtements amples depuis le début un tantõ, un couteau japonais particulièrement tranchant, le combat prit une autre tournure. Stanislas s'était entraîné pendant des années à ce genre de situation, la plaie était profonde, mais tout était allé si vite qu'il ne savait pas à quel moment le vieux avait sorti son arme blanche. La meilleure solution pour Stan, c'était l'attaque et le corps à corps, il voulait se rapprocher pour ne pas laisser à son éminence la possibilité de faire de grands gestes. Le prélat reculait sous la pression de son assaillant, il fut acculé dans un angle de la pièce. Stanislas lui bloqua la main dans laquelle il tenait le couteau, leurs souffles étaient courts, il y avait de l'intensité dans leurs regards, le cardinal essayait de trancher la gorge de son adversaire qui lui résistait. La jeunesse et la puissance de ce dernier eut raison des efforts de l'homme d'Église, Stan lui donna un coup de genou dans le foie et sous le choc, le vieux relâcha la tension. Il en profita pour lui enfoncer la lame dans la poitrine. Le visage décomposé par la stupeur, le prélat s'écroula sans un mot. Stan tomba à genoux et ferma les yeux, la fatigue du combat s'abattit sur lui

Chapitre dix

Vicky

Stan se rhabilla, remis ses gants et récupéra ses armes, son torse saignait toujours et c'était douloureux. Il se fit un bandage avec un morceau de tissus qu'il trouva dans la pièce. Il pensa à prendre le couteau planté dans la cage thoracique du cardinal pour ne pas laisser d'empreintes. Il sortit de l'appartement en essuyant toutes les poignées de porte. Il se réfugia dans le bureau du prélat, pour s'extraire de l'édifice, comme il l'avait fait la première fois qu'il avait été fait prisonnier, par la fenêtre qui donnait sur la rue. Mais avant de s'éclipser, il décida de fouiller le cabinet de travail de l'homme qu'il venait de buter, il se dirigea vers le coffre-fort. Celui-ci était fermé et le temps lui manquait pour essayer de l'ouvrir, alors il regarda dans les tiroirs, il tomba sur le passeport et la carte d'identité de Vicky. Les papiers indiquaient qu'elle était Suisse, et qu'elle avait vingt-deux ans, sur les photos elle paraissait plus jeune avec ses cheveux roux. Il poursuivit son investigation et ne trouvant rien qu'il puisse emporter, il s'échappa par la fenêtre en descendant le long de la gouttière. Sa blessure lui faisait un mal de chien. Quelques minutes plus tard, il sauta dans un taxi, regagna l'hôtel et frappa à la porte de Moses. L'Américain lui ouvrit, Guy, Pierre et Vicky étaient là eux aussi, ils furent surpris en voyant la pâleur du visage de Stan qui s'écroula. Il avait perdu pas mal de sang et les efforts qu'il avait fournis pendant le combat avaient eu raison de lui. Moses et Guy dont le passé militaire les avaient confrontés souvent à ce genre de situation, prirent les choses en main. Dans un premier temps, ils l'allongèrent sur le lit dans sa chambre et lui enlevèrent son T-shirt. Ils devaient nettoyer la plaie, Guy attrapa son sac et partit rapidement acheter le nécessaire à la pharmacie la plus proche. Il fallut six points, de sutures adhésives pour fermer la blessure, Moses avait fait en plus un

pansement et un bandage.

—Ça va mieux ?

Demanda Guy qui était au chevet de Stan.

—Oui, je me suis senti mal, j'ai été longtemps dans les vapes ?

—Non ! Tu as fait un petit malaise, tu es revenu à toi, je n'ai pas pu te recoudre, le pharmacien ne pouvait pas me vendre le fil et les aiguilles stériles. Nous t'avons mis des strips adhésifs, ne bouge pas trop pendant deux jours, repose-toi. Au fait ta Vicky, je crois qu'elle est barrée, elle nous a dit que le cardinal l'avait enlevée parce qu'elle faisait des voyages dans le temps.

—Ce n'est pas totalement faux, il faut que je vous explique, quand j'irai mieux, je vous ferai un topo de la situation. Comment va-t-elle ?

—Elle a repris du poil de la bête ! Et elle est sur ses gardes, quant à l'informaticien, il est choqué, mais ça devrait aller.

—Merci pour tout ce que vous avez fait, peux-tu demander à Vicky de venir s'il te plait ?

—Oui ! Mais repose-toi, je vais réserver des billets d'avion pour après-demain, Moses retourne en Amérique et moi en Tanzanie, je te prends une place pour Zanzibar ?

—Oui, s'il te plait, je les payerai avec ma carte bleue. Ce soir, avec Moses et toi, nous discuterons de vos honoraires, j'aurai des propositions à vous faire.

—OK super !

Vicky entra dans la chambre, elle avait retrouvé tous ses esprits.

—Merci de m'avoir sortie de ce cauchemar, j'ai bien cru que j'allais y passer.

—Ne me remercie pas, je suis passé par là moi aussi, mais on va être tranquille au moins pour vingt ans, j'ai tué le cardinal.

—J'aurais aimé le faire moi-même, mais je me suis laissé surprendre par ses sbires qui ressemblent d'ailleurs aux deux autres dans la chambre d'à côté.

—Effectivement, ils ont travaillé pour lui, mais ils le regrettent amèrement et c'est grâce à eux, si tu es en vie. Si je suis venue, c'était surtout pour sauver Pierre qui avait été enlevé par ma faute, je ne voulais pas de sa mort sur ma conscience. La deuxième raison, c'était pour en finir avec l'homme d'Église et tu as de la chance que l'on t'ai trouvée.

—Je ne vous remercierais jamais assez... j'aimerais te poser une question :

—Je t'en prie.

—Te retrouves-tu toi aussi, dans des vies que tu as déjà vécues ?

—Oui, depuis quelques mois...

Ils parlèrent pendant des heures, ce fut un soulagement pour Vicky de savoir qu'elle n'était pas seule. Stan lui parla de ses amis et de son projet de créer un centre pour accueillir les gens comme eux et pour pouvoir leur permettre de maitriser leur don. Vicky trouva ça super, elle lui raconta un peu sa vie, elle vivait à Champéry en Suisse, elle avait été adoptée alors qu'elle était bébé. Elle avait vécu une enfance heureuse et reçu plein d'amour de ses parents de substitution. Sportive, elle aimait relever

les défis les plus fous. Avec ses potes, elle avait quelques fois mis sa vie en danger, notamment le jour où son parachute ne s'était pas ouvert et où elle avait dû utiliser celui de secours. Ça faisait deux ans qu'elle avait découvert son don et par la même occasion que ses parents l'avaient adoptée. Stan l'écoutait avec plaisir, mais il était fatigué et sa plaie était douloureuse, il s'excusa auprès de Vicky et lui demanda s'il pouvait reprendre la conversation plus tard. Elle comprit tout de suite et regagna la chambre que Moses lui avait réservée. Stanislas ferma les yeux et s'endormit, sous l'effet des médicaments que lui avait administrés Guy. Dans sa piaule, Vicky était elle aussi allongée sur son lit, sa séquestration l'avait éprouvée, elle sentait que son corps avait souffert, il lui faudrait plusieurs mois pour s'en remettre. Son esprit vagabonda et elle se mit à penser à la première fois où elle avait fait un saut dans le temps, pour revivre une vie qu'elle avait déjà vécue.

Le jour de ses vingt ans, elle avait commencé à avoir des troubles et la peur l'avait envahie, mais au fil du temps, comme Stan, elle avait su maitriser son don. La première fois, elle crut en un rêve, son esprit s'était glissé dans la peau d'une fille endormie sous une tente à côté d'un homme plus âgé qu'elle. Mais sa mémoire fusionna avec celle de la jeune femme et elle se rappela avoir vécu cette vie-là. Elle pouvait contrôler son avatar qui n'avait aucune idée de sa présence, sa première crainte fut de rester bloquée dans cette enveloppe corporelle et à cette époque. Elle se réveilla instantanément en sueur, le cœur palpitant. Son âme d'aventurière la poussa à retenter l'expérience, le lendemain elle se coucha de bonne heure et se concentra pour retourner dans le passé, sans succès. Très tard dans la nuit, au plus profond de son sommeil, le phénomène se reproduisit et elle se retrouva dans l'esprit et dans le corps de Clotilde, la fille sous la tente. Cette fois, elle était sur un lieu de fouille, en plein milieu d'un désert Égyptien. Clotilde aspirait à découvrir le monde en cette année mille neuf cent, et elle venait d'avoir vingt et un ans. À cette époque, la condition de la femme n'étant malheureusement pas celle d'aujourd'hui, elle dut se résoudre à épouser sans passion, un archéologue plus âgé qu'elle, pour pouvoir vivre ses rêves. Le professeur Gabriel Fouquet était un individu cultivé et charmant, il comprit très vite que sa nouvelle compagne n'éprouvait pas d'amour pour lui, il espérait juste qu'avec le temps, elle finirait par l'aimer. Vicky puisa dans la mémoire de Clotilde, elle se rappelait chaque détail, elle avait vraiment été cette jeune femme, elle savait aussi comment elle allait mourir. Malgré les réticences de son époux et habillée comme un homme, elle avait entamé des fouilles près des pyramides, à quelques encablures du chantier de son mari. Celui-ci essayait de la raisonner, de lui expliquer que ce n'était pas sa place, mais un sourire de Clotilde et une caresse sur sa joue, anéantissaient tous ses efforts dans la seconde. En arrivant au Caire, elle avait commencé par faire des investigations dans les archives locales, pour se faire une idée de ce qu'il fallait qu'elle cherche et surtout où. Son mari était ravi, pendant qu'elle faisait ça, elle n'était pas sur son chantier. Ce qu'il ne savait pas où ce qu'il n'avait pas voulu voir, c'était que Clotilde avait une intelligence hors norme, elle le surpassait dans bien des domaines. Sa mémoire photographique était redoutable, une seule lecture lui suffisait pour se rappeler d'un texte, elle possédait un quotient intellectuel très élevé . Quelques mois après son arrivée, elle parlait bien la langue arabe, ce qui avait le don d'agacer les Français expatriés, mais qui plaisait beaucoup aux autochtones. En prospectant dans les archives, elle détecta quelques indices qui seraient passés inaperçus aux yeux des experts et qui évoquaient une sépulture non loin de la pyramide de Mykérinos. Au moment où Vicky reprit possession de l'esprit de Clotilde, elle était en plein travail et organisait la fouille d'un périmètre qui lui avait était attribué grâce à son époux. Peu de temps avant, dans un salon réservé aux hommes amateurs de cigares, un ami de Gabriel lui avait dit :

—File-lui sa parcelle, elle ne trouvera rien, mais au moins elle ne sera pas dans tes pattes.

Après un grand éclat de rire de l'assemblée, il avait fini par penser que ce serait une bonne idée. Vicky qui avait déjà vécu cette vie-là, savait qu'elle allait faire une découverte importante, non loin de la tombe de la reine Khentkaous. En creusant, elle avait ouvert une galerie qui donnait sur la chambre funéraire d'un homme sûrement de haut rang. Autour de son sarcophage, il y avait des amulettes en or, du jade, des colliers en pierres précieuses et des papyrus enroulés dans de petits tubes de bambous enduits de cire. L'entrée était étroite, Vicky avait pu s'y introduire en se contorsionnant, alors que les Égyptiens qui travaillaient pour elle, étaient restés loin de là. Le soir venu, quand elle raconta à son mari sa trouvaille, il devint furax et jaloux que sa propre femme puisse le surpasser. Il s'assura qu'elle seule et les trois manœuvres qui l'accompagnaient, étaient au courant de ce qu'elle avait déniché. Clotilde lui jura que c'était le cas et qu'elle n'avait pas dit à ses ouvriers ce qu'il y avait dans la cavité. Il lui demanda de dire que c'était lui qui avait fait la découverte, elle refusa catégoriquement, son époux menaça de fermer son chantier de fouille archéologique. Vicky qui connaissait le scénario pour l'avoir vécu, savait que le professeur allait la tuer dans un accès de rage deux jours plus tard, alors elle changea le cours de l'histoire. Dans un premier temps, elle lui donna son accord pour qu'il devienne l'inventeur de la tombe. Ils étaient sous leur tente et elle s'excusa d'avoir agi ainsi en lui proposant un verre pour faire la paix, Fouquet se calma. Ils décidèrent d'aller ensemble voir la sépulture dès le matin. Vicky avait une idée derrière la tête, elle lui fit avaler des somnifères à son insu. Lui, pensait que l'affaire était réglée et que le lendemain à la première heure, il irait, tel un grand archéologue, se faire photographier devant le sarcophage millénaire. Quand il se mit à ronfler, elle partit discrètement avec un sac à dos et elle descendit seule près du cercueil égyptien. Elle ramassa tous les objets précieux et elle prit soin d'effacer toutes traces suspectes avant de retourner sous sa tente. En arrivant, Vicky cacha son butin dans sa malle en fer et s'allongea sur son lit de camp. Le lendemain, elle réveilla Gabriel, il dormait à poings fermés. Il entra dans la chambre funéraire et se proclama découvreur d'une niche mortuaire qu'il estimait vieille de cinq ou six siècles avant la naissance de Jésus-Christ. Toute son équipe, une centaine d'hommes au total, quittèrent le premier chantier pour venir sur celui de Clotilde. Ils retournèrent au Caire victorieux, et le professeur enregistra la découverte du sarcophage sur des papiers officiels de l'état français. Un banquet fut organisé en son honneur où il parada parmi ses confrères, moins chanceux que lui. C'était très bien que tout le monde pense que ce soit lui l'expert, car Vicky avait un plan. Le soir même à l'hôtel, son mari qui était ivre, lui demanda ce qu'elle avait fait des offrandes aux dieux, car il n'était pas dupe et il avait remarqué tout de suite l'anomalie. Elle fit mine de ne pas comprendre et le ton monta rapidement, fou de rage il attrapa un couteau et visa le cœur de sa femme. C'est à ce moment-là, que la première fois Clotilde avait succombé, mais aujourd'hui avec Vicky aux commandes, les choses allaient changer. Elle était ceinture noire de karaté et depuis quelques mois, elle pratiquait du krav-maga, Vicky le désarma, passa derrière lui et lui brisa la

nuque. Elle respira profondément, la première partie de son plan avait fonctionné, elle le déshabilla et l'emmena jusqu'à la douche pour faire croire à une chute. Les autorités et les médecins n'y virent que du feu, deux jours plus tard, la veuve éplorée accompagnait son défunt mari, en direction de Marseille sur un bateau de commerce. Tout le monde l'avait plainte et avait essayé de la consoler, la promesse lui fut faite que son époux serait solennellement le découvreur de la tombe, d'ici quelques semaines. Dans le cercueil sous la dépouille de Fouquet, elle avait caché son magot. Vicky avait compris qu'elle pourrait retrouver le butin de nos jours. Le corps fut déposé dans le caveau de famille à Cassis, le cinq décembre mille neuf cent trois. Vicky s'était réveillée, émerveillée d'avoir vécu des années de la vie de son avatar, alors que pour elle, seulement quelques heures s'étaient écoulées. Le lendemain matin, elle prit son fourgon aménagé et traversa la France pour mettre la main sur son butin, il lui fallut huit heures pour faire le trajet. En arrivant, elle acheta à boire et se gara non loin de l'endroit où elle allait commettre son méfait. Vicky fit l'inventaire de ce dont elle aurait besoin pour récupérer son bien et mit son réveil à sonner à deux heures... Équipée d'une frontale et de son sac à dos renfermant tous ses outils, elle se dirigea vers le caveau du professeur, qui était l'un des plus anciens et des plus beaux monuments du cimetière. Elle sortit sa pince coupe-boulon qui eut raison du cadenas facilement. Une fois à l'intérieur, Vicky écouta pour voir si on l'avait suivie, son cœur battait la chamade et en même temps elle était excitée par sa mission. Il y avait six cercueils dans la crypte, trois de chaque côté. Elle posa sa lanterne à LED au sol et éteignit sa frontale. Les caisses en bois étaient recouvertes de poussière, alors avec sa main gantée, elle essuya les plaques sur lesquelles étaient gravés les noms des propriétaires. L'archéologue était tout en bas sur la

droite, Vicky attrapa son masque à cartouche, craignant les odeurs nauséabondes, et avec un pied-de-biche, elle fit sauter le couvercle. Elle éclaira l'intérieur du cercueil, et à sa grande stupéfaction, posée sur le squelette de Gabriel, il y avait une serviette en cuir. Elle renfermait trois lingots d'un jaune étincelant, qui paraissaient peser dans les neuf cents grammes chacun, une pochette en velours contenant dix louis d'or et cinq pierres précieuses ainsi qu'un collier de perles. Il y avait aussi une enveloppe. Le cœur battant à tout rompre, elle l'ouvrit.

Roti, 15 avril 1970

Très chère,

Si tu lis cette lettre, c'est que tu es venue récupérer ton dû. Comme tu le sais, je me nomme Clotilde et tu m'as rencontré au Caire. J'ai pris conscience de mon don, un an après mon arrivée en France et j'ai exploré plusieurs vies de notre lignée. Tu auras la chance, toi aussi, si tu le désires, de leur rendre visite. J'aurais adoré faire un saut dans le futur pour te connaitre, mais ça ne fonctionne pas dans ce sens-là. Dans mes voyages à rebours, j'ai amassé des butins que je cachais dans des endroits accessibles, pour les récupérer à mon époque. J'ai fait fortune et j'en ai fait profiter les gens que j'aimais, fais en autant et la vie pour toi sera merveilleuse. Quand j'ai commencé à avoir mes premiers troubles, je pensais que je devenais folle, mais je me suis laissé aller et très vite, j'ai maitrisé de mieux en mieux ce cadeau de mère Nature. J'ai analysé la situation et compris que tu m'avais fait faire des choses que je n'aurais pas osées faire moi-même et je t'en remercie. À mon grand regret et pour ma liberté, j'ai été obligée d'utiliser ton butin, car la famille de Gabriel ne m'a rien laissé après sa mort. Ce capital de départ m'a permis de voyager et de vivre l'existence de mes rêves. Pour moi, c'était captivant, mais je te conseille de garder le secret, les êtres humains n'aiment pas les différences. Je demeure aujourd'hui sur une île paradisiaque qui s'appelle Roti, elle fait partie des petites îles de la Sonde et elle se situe, à une quinzaine de kilomètres de Timor. C'est une personne de confiance que je côtoie depuis vingt ans qui à ma demande, a déposé la sacoche de cuir dans le cercueil de mon défunt mari. Je t'ai laissé de quoi voir venir, le plus important pour toi dans un premier temps, c'est de trouver un homme ou une femme qui pourra transformer tes trésors en monnaies sonnantes et trébuchantes. Quand tu me liras, je serais sûrement décédée, mais sache que grâce à toi, ma présence sur cette terre a été merveilleuse.

Affectueusement

Clotilde.

Vicky était bouleversée, après avoir remis le couvercle, elle attrapa la besace et sortit du caveau rapidement. Elle roula pendant cinq heures et s'arrêta à Annecy, elle relut la lettre plusieurs fois et finit par se dire que Clotilde avait eu une existence heureuse et qu'elle l'honorerait en faisant le maximum pour profiter de son don. C'est ce qu'elle fit, jusqu'à ce qu'elle croise la route du cardinal. Au même moment, le téléphone de la chambre sonna, ce qui sortit Vicky de ses pensées.

—Excuse-moi de te déranger, veux-tu venir manger avec nous, vers vingt heures ?

—Oui, pourquoi pas !

—OK, vingt heures dans le hall de l'hôtel. Ce n'est pas

sûr que Stan vienne, car il dort encore !

Il raccrocha ! Elle avait reconnu l'Américain à son accent. Elle appela la réception pour leur demander si c'était possible de la prévenir à dix-neuf heures cinquante. Un homme très charmant au bout du fil, lui indiqua qu'elle avait une heure trente devant elle et qu'il se ferait un plaisir de l'avertir. Toujours allongée sur son lit, elle se dit que sa priorité serait d'aller sur les traces de Clotilde, sur l'île de Roti. Pierre était lui aussi dans sa piaule sur le même palier que Guy. Il avait le moral dans les chaussettes, en pensant qu'il allait devoir changer de vie et déménager. Il prit ce soir-là une décision importante pour lui et pour sa carrière. Depuis des années, un groupe concurrent au sien, voulait le faire venir en Californie dans la Silicon Valley, les hommes d'affaires lui proposaient un poste majeur, doté d'un salaire astronomique, et bien sûr, avec un logement et une voiture de fonction. Avec l'aide de Stan, il allait s'organiser pour quitter discrètement Paris et la France.

Chapitre onze

Sanary sur Mer

Trois mois plus tard du côté de Marseille...

Comme convenu, l'équipe se retrouva à Callelongue, pour débuter leurs nouvelles aventures. Jeannot, le copain d'Alain qui leur avait loué deux maisons de pêcheur, la première fois qu'ils étaient venus se cacher, s'était débrouillé pour leur trouver deux cabanons supplémentaires. Un pour Esther et Patrick qui avaient vécu des moments fabuleux en Indonésie, et le deuxième pour Alain. Alain n'était que de passage, il avait prévenu son ami Stanislas qu'il l'aiderait à récupérer son magot et qu'après, il irait rejoindre Yann. Elle l'attendait sur l'île de Raiatea où ils avaient acheté une goélette de vingt mètres pour faire le tour de monde. Oscar, quant à lui, avait quitté l'Afrique du Sud, pour Madagascar où on lui avait proposé un poste important au département des recherches archéologiques et sous-marines, mandaté par le ministère de la Culture en France. À bord du Marion Dufresne, célèbre navire ravitailleur des terres australes, il aurait pour mission de prospecter les îles éparses, ces minuscules territoires français de l'océan Indien, pour découvrir un maximum d'épaves. Île Europa, Bassas da India, Juan de Nova, Les Glorieuses et Tromelin allaient devenir son terrain de jeux pour quelques années. Il avait écrit un courrier à l'adresse de Jeannot, à l'attention de Stan, en lui disant que c'était pour lui une opportunité qu'il ne pouvait pas laisser passer. Aby et Stan avaient retrouvé leur petit nid douillet, avenue des Pebrons, car par chance pour eux, le propriétaire qui était embarqué sur un remorqueur de haute mer avait confié ses clés à Jeannot. Stan avait tenu sa promesse, il était revenu une semaine plus tard et s'était envolé pour le Japon avec la ravissante Abygael. Sonia et Claude avaient sillonné de long en large la Nouvelle-Zélande dont ils étaient tombés amoureux, néanmoins, ils étaient contents de se promener dans la nature sauvage des calanques de

Marseille. Stan organisa un repas pour fêter les retrouvailles. La magie opéra une fois de plus, en cette fin de journée ensoleillée du mois de septembre. Chacun avait apporté un petit quelque chose, Alain et Sonia, le poisson pêché quelques heures plus tôt au large des îles du Frioul, sur un pointu prêté par Jeannot. Claudius, Esther et Patrick s'étaient occupés de la mise en place du barbecue et ils avaient cuisiné toute l'après-midi au son du reggae. Stan et Aby, quant à eux, étaient partis en balade dans l'arrière-pays et ils en avaient profité pour rapporter du vin acheté à un vigneron fort sympathique, ainsi que du fromage de chèvre de chez un paysan-éleveur. La soirée se déroulait calmement dans la bonne humeur, de temps en temps un voisin ou une voisine en promenade digestive, s'arrêtait boire un verre et blaguer avec eux. Ils avaient tous raconté des anecdotes sur leur voyage respectif. Alain avait pris la parole, pour leur dire qu'ils étaient tous les bienvenus sur sa goélette. Vers une heure du matin, Stan évoqua la raison pour laquelle ils étaient réunis et il leur résuma son passage en Italie, la mort du cardinal ainsi que la rencontre avec Vicky. Il leur annonça qu'il n'avait plus besoin de se cacher et qu'ils pouvaient de nouveau se servir de leurs téléphones et d'internet. Il leur expliqua son intention d'acheter ou de faire construire une grande bâtisse pour accueillir les gens comme lui. Max, lui, avait viré vingt-trois millions d'euros, sur un compte offshore au Panama, c'était un de plus que son estimation. Quelques jours plus tard, Stanislas avait reversé la somme qu'il avait promise, à chacun de ses compagnons d'aventure. Vers quatre heures du matin, Stan proposa à ceux qui aurait le courage, de faire une petite bouffe à Sanary et d'aller en reconnaissance à la pointe de la Cride, afin d'évaluer les besoins nécessaires pour récupérer l'or. Claude et Alain se portèrent volontaires, le reste de l'équipe avait décidé de rendre visite à Jean-Louis, au centre d'entraînement

Camille Julien pour le remercier de tous ses conseils. Le lendemain, vers onze heures, ils embarquèrent dans la quatre cent trois cabriolet de mille neuf cent cinquante-neuf que Stan s'était offert, en arrivant en France. Quarante minutes plus tard, ils s'arrêtèrent sur le bord de mer entre Bandol et Sanary, pour montrer à Claude la pointe de la Cride qui s'avançait dans la baie bleu azur.

—Ça a l'air sauvage !

—Oui, mais malheureusement, ils y ont mis une station d'épuration, dernière génération !

—C'est un fort, au bout ?

Alain prit la parole :

—Oui, quand j'étais minot, on y jouait, il n'y avait pas encore la station

—Ils n'ont pas trop mal fait les choses, elle est enfouie et l'on ne la voit presque pas.

Les trois amis remontèrent dans la quatre cent trois, en direction du village provençal où Stan se gara dans un parking à étages. Ils s'engagèrent dans les rues piétonnes, car Claude avait un petit creux. En passant dans la rue Siat Marcelin, ils furent alpagués par un type à la bonne humeur communicative, qui leur proposa de venir gouter du vin de qualité. Dix minutes plus tard, sans vraiment s'en rendre compte, ils étaient assis à une table devant un verre de Terrebrune de l'année deux mille sept. Le patron leur avait fait la promesse que grâce à cette bouteille, ils s'immergeraient dans la culture provençale, il leur avait vanté la nature des sols exceptionnels de la région et surtout celui du domaine en question, calcaire et argile brune. Le savoir-faire de cette famille de vignerons, la qualité de la vigne ancienne, le soleil et la rosée avaient permis d'aboutir à cette cuvée prestigieuse.

—Tu ne trouves pas que le patron ressemble à Patrick ?

—C'est vrai, on dirait son frère, il la même tchatche. En tout cas, il a l'air de s'y connaitre en pinard.

La charcuterie et le fromage de qualité s'étaient bien mariés avec le Terrebrune, vers quatorze heures, après avoir bu celle du patron, nos trois compères quittèrent le restaurant « le Baroudeur » et se remirent en route pour la Cride. En arrivant, Stan stoppa la voiture sur un parking, juste devant l'entrée du site où un couple de rastas prenait du thé, assis à l'ombre de leur camion qu'ils avaient transformé en un petit nid d'amour. Une route goudronnée avait été conçue, pour accéder à la station d'épuration. Stan les emmena directement sur la grève où il avait fait sa marque, quand il était dans la peau de Maric. C'est Alain qui retrouva la croix taillée dans la roche, une demi-heure plus tard. La nature avait beaucoup évolué en six cents ans. Stan se mit à l'aplomb sur son repère et leva les yeux, la végétation avait poussé seulement là où il avait déposé de la terre et de jeunes drageons. Il reconnut instantanément l'endroit qu'il pointa du doigt, pour que ses amis regardent dans la direction qu'il leur indiquait.

—Avant de partir, nous avions planté des boutures de cactus pour dissimuler l'entrée. Apparemment, j'ai la main verte !

—D'ici, on ne voit pas grand-chose, vous avez dû galérer pour y accéder.

—Effectivement, ça a pris un certain temps. Claude, tu peux rester là et me faire un signe, je vais monter pour faire une trace en face de l'endroit où nous devrons bosser.

Stan était occupé à marquer la zone, quand Claude et Alain le rejoignirent.

—Ça ne va pas être facile !

Claude se mit à rire :

—T'inquiètes, on vient avec un camion-grue, je te descends dans une nacelle, ni vu ni connu, l'affaire est dans le sac !

—Dit comme ça !

Pour Claude, il n'y avait jamais de problèmes, il n'y avait que des solutions. Ils retournèrent à Callelongue en fin d'après-midi. Assis sur la terrasse du cabanon de Patrick, ils discutèrent de la façon dont ils allaient procéder, pour récupérer le butin. Ça ne paraissait pas possible de se pointer avec tout le matos sans attirer l'attention. C'est Esther qui débloqua la situation.

—Et si l'on faisait croire que nous tournons un film. Nous leur proposerions de privatiser le site, sans gêner la station d'épuration, car nous ne travaillerions que la nuit.

L'idée était vraiment bonne, Patrick regarda Stan et lui fit un grand sourire, style

—Eh ouais, elle est avec moi !

Ils avaient l'inspiration, maintenant ils devaient penser à un scénario crédible, pour se pointer dans les administrations et demander des autorisations. Ça partait dans tous les sens, Sonia notait toutes les idées, mêmes les plus farfelues. Ils tombèrent d'accord pour commencer par la mairie, si elle refusait, il fallait trouver un plan B. Alain avait été chargé d'organiser un rendez-vous avec le directeur culturel de Sanary-sur-Mer. Ils discutèrent du projet de tourner un spot publicitaire, à la pointe de la Cride, mais son interlocuteur lui avoua

que ce n'était pas de son ressort. Il lui proposa de lui transmettre par e-mail, toutes les coordonnées d'un fonctionnaire de l'hôtel de ville de Toulon. Ce monsieur était responsable de la communication et des tournages en région PACA. L'idée de la pub venait de Patrick, il pensait que ça serait moins compliqué à gérer qu'un film. Esther regarda tout ce qui pouvait les intéresser sur le net, comment faire les démarches pour les autorisations, les documents nécessaires. Ce fut long et Sonia commença à rédiger de faux papiers, assurances, société de production, etc. Stan allait jouer le rôle du producteur, Aby celui de l'attaché de presse et Claude le directeur artistique. Une secrétaire les conduisit dans un bureau du troisième étage, où ils furent reçus par monsieur Raspino qui devint tout pâle en voyant Aby.

—Abygael Oliviera, c'est toi ?

—Oui, on se connait ?

—Raspino ! On était au collège ensemble !

Il s'approcha et lui fit la bise, elle n'eut pas le temps de se reculer. Aby se rappelait très bien ce garçon boutonneux qui n'arrêtait pas de la coller, ils avaient été dans la même classe pendant quatre années de collège. Claude et Stan ne savaient pas quoi dire.

—Je pensais que tu avais fait des études de psy ?

—Oui, mais finalement j'ai changé de voie !

Raspino commença à évoquer des souvenirs d'adolescence et heureusement, Claude trouva les mots pour couper court.

—Qu'est qui vous amène ? Asseyez-vous !

Aby lui raconta son projet, et lui demanda s'il pouvait les aider. Raspino était toujours amoureux de la belle Abygael, il lui accorda toutes les autorisations pour une

quinzaine de jours, il appela sa collaboratrice et lui fit faire toutes les démarches en urgence. Il téléphona à la mairie de Sanary, pour leur dire que l'équipe avait carte blanche pour travailler sur le site. Ensuite, il contacta la société qui gère la station d'épuration et il leur expliqua la situation en leur demandant d'être coopératif. Stan avait fourni tous les faux documents à la secrétaire, l'entretien avait duré une heure et ils avaient été crédibles. Raspino donna son numéro de portable personnel à Aby, en lui faisant promettre de l'appeler au moindre souci. Stan et Claude se regardèrent en souriant, car ils avaient compris que le bougre avait une arrière-pensée. Ils sortirent du bureau et Abygael ne peut échapper à la bise du fonctionnaire. Arrivé dans la rue, Claude et Stan s'en donnèrent à cœur joie pour taquiner la fausse attachée de presse. Stan fit le tour de la mairie pour montrer à son copain la Maison des Têtes où il avait son ancien appartement et où tout avait commencé. Une fois de plus, ils se retrouvèrent autour d'un verre de bon vin, à Callelongue où Stanislas leur raconta la matinée qu'ils venaient de passer. Les vannes fusèrent dans tous les sens et Aby, qui avait beaucoup d'humour, entra dans le jeu de ses camarades. Quelques temps plus tard, ils devinrent sérieux et parlèrent de la phase deux de leur projet. Il fallait réunir tout le matos pour réaliser leur petit tour de passe-passe. Claude et Stan allaient s'occuper de louer un camion-grue et un autre camion pour déplacer le butin. Ils allaient aussi essayer d'acheter des équipements assez solides pour transporter l'or, car il y avait de grandes chances que le bois des caisses soit tombé en poussière après en six cents ans d'attente. Patrick se chargerait de faire fabriquer des supports adhésifs pour tous les véhicules ainsi que des effets à l'effigie de la fausse boite de production. Alain devait localiser une entreprise, qui lui louerait un groupe électrogène, du matériel pour l'éclairage de la zone de travail, un barnum et tout ce qu'il faut pour donner l'illusion d'un véritable tournage. Aby devait rencontrer les gens de la station d'épuration, pour se présenter et surtout pour leur demander de ne pas venir sur le plateau, car le clip publicitaire devait rester confidentiel jusqu'à sa sortie sur les écrans. Elle fut reçue avec courtoisie et le directeur lui affirma qu'il n'y aurait aucun problème. Sonia et Esther n'avaient pas bougé de Callelongue pour organiser la récupération du trésor. C'est-elle qui avaient orchestré la manœuvre et c'est ce plan que la bande suivrait. Une semaine plus tard, toute l'équipe arriva à vingt et une heures à la Cride. La première soirée fut consacrée à l'installation du bivouac et au calage du camion-grue. Patrick avait réservé des chambres pour tout le monde à l'hôtel de la Tour. Ils étaient convenus que les uns après les autres, il garderait le campement. Ils avaient estimé à trois jours, la mission. Le soir suivant, Claude prit les commandes de la grue et guida la nacelle dans laquelle il y avait Alain et Stanislas, ils communiquaient par UHF, car Claude ne les voyait plus de là où il était. Ils commencèrent par enlever toute la végétation à l'aide du matériel qu'ils avaient préparé à cet effet. Il leur fallut une heure et demie pour dégager la zone. Ensuite, avec le burineur à batterie, ils défoncèrent le mur fait de pierre et de mortier. Alain et Stan se regardèrent, c'était l'heure de vérité. Équipé d'une frontale et d'une torche puissante à LED, Stan pénétra dans le boyau qui mène à la grande cavité, le trésor était là, il attendait le retour de son propriétaire. Il appela Alain qui arriva rapidement et resta bouche bée, devant la taille du butin. Quelques minutes plus tard, ils remontèrent avec la nacelle pour faire le point.

—Les amis, le magot est toujours là, mais il va falloir vider toutes les caisses et les transvaser dans les valises métalliques que nous avons achetées.

En bas, le bois est pourri et ça va prendre un certain temps.

Stan avait estimé le nombre de colis, à une centaine environ. D'après son estimation, la plupart contenaient des lingots d'un ou dix kilos, d'autres étaient chargées de pièces d'or, de bijoux et il y avait aussi les sculptures de différentes tailles. Les livres anciens avaient été recouverts de tissu et enduits de cire pour les rendre hermétiques à la moisissure. Dans son souvenir, les paquets pesaient dans les cinquante kilos chacun. Ils se répartirent les tâches, Esther, Alain, Stanislas et Aby, descendirent pour remplir les cantines en fer et les poser dans la nacelle. Patrick, Sonia et Claude les chargeraient dans le camion. Ils arrêtèrent à trois heures du matin, après avoir remonté une grande partie du butin. Claude et Sonia restèrent sur place tandis que les autres retournèrent à l'hôtel. Stan avait réussi à trouver à Sanary un hangar, dans une zone sécurisée par un vigile qui contrôlait les sorties et les entrées. Après lui avoir présenté leurs papiers d'identité, l'homme les laissa passer. Arrivé devant l'entrepôt, Alain tapa le code et la porte en fer coulissa. Fourbus de fatigue, après avoir déchargé la cargaison, ils prirent la voiture de Stan pour rejoindre leur chambre. Le lendemain soir, ils procédèrent de la même façon et remontèrent le reste du butin. Quand ils posèrent la dernière caisse dans la nacelle, Claude leur demanda de revenir, il était une heure du matin. Au moment où ils furent tous les quatre dans la cage de fer, Stan appela à l'UHF, pour prévenir qu'il pouvait les ramener sur la terre ferme. La surprise fut de taille lorsque Stan et les autres se retrouvèrent dans la ligne de mire d'un fusil mitrailleur. Claude, Sonia, et Patrick étaient à genoux les mains sur la tête, en joue eux aussi et un troisième lascar manipulait la grue. L'évêque les salua.

—Bonjour, monsieur Toussaint, il a été très facile de vous localiser vous et votre bande, depuis que vous avez repris vos bonnes vieilles habitudes avec vos téléphones portables.

—J'avais un accord avec le cardinal.

—Oui, mais pas avec moi…

—Qu'est-ce que vous voulez ?

—Au début, j'étais venu pour vous tuer, car mon patron m'a laissé des consignes, mais maintenant que je vois toutes ces caisses, non seulement je vais vous descendre, mais en plus je vais récupérer le camion et son chargement.

—Laissez partir mes amis, c'est une histoire entre l'homme d'Église et moi.

—Décidément, mon boss avait raison, vous ne comprendrez jamais rien. C'est trop tard, ils sont trop impliqués et ils savent qui nous sommes, donc ils doivent mourir.

Claude se leva, le militaire lui donna un coup de crosse dans la tête, il tomba Ko. Le conducteur de la grue s'était posté à côté de ses deux acolytes, les trois soldats étaient impressionnants. L'évêque qui était habillé en costume noir, ordonna à Stan et ses copains de rejoindre le camion et de se mettre à genoux près des autres prisonniers.

—Monsieur Toussaint, malheureusement vous allez nous quitter le premier, son éminence a laissé une lettre manuscrite à mon attention, me demandant je cite, « si ce fils de pute me tue, détruisez-le, vous savez comment faire ». J'en ai déduit qu'il voulait vous éliminer de la surface de la Terre. J'ai donc pris l'initiative d'emmener quelques produits.

Un des mercenaires posa son canon sur la tête d'Abygael, Stan se rebiffa.

—Si vous tentez quoi que ce soit, elle meurt, si vous vous laissez faire, peut-être qu'elle ne souffrira pas...

Stanislas se remit à genoux résigné, il n'avait aucun moyen d'agir. Ça aurait été simple pour lui de casser la nuque du prélat, mais il n'aurait pas eu le temps de sauver Aby et les autres. L'homme en costume avait fini de remplir sa seringue et il l'approcha de l'épaule de Stanislas. Deux claquements retentirent, et deux des barbouzes dont celui qui tenait Aby en joue, tombèrent au sol, quand le troisième se retourna, surpris, une balle se figea dans son crâne. Au même moment, Stan attrapa la main du pontife, et en le fixant droit dans les yeux, il lui planta l'aiguille dans le cou :

—Quand tu croiseras ton patron, salue-le de ma part conard !

Pris de convulsion terrible et d'écume blanche aux lèvres, l'homme d'Église s'écroula. Ce fut la confusion totale autour des camions, ils se mirent tous à l'abri des tirs, sauf Stanislas qui regarda en direction des tirs. Stan reconnut immédiatement la silhouette de Vicky

—Je crois que j'arrive juste à temps, tu as de la chance, j'ai été tireuse d'élite dans une autre vie.

Stanislas s'approcha et lui fit une accolade pour la remercier.

—Comment as-tu deviné que nous étions là ?

—Il y a deux jours, je suis allée à l'hôtel dont tu m'as parlé, la patronne m'a dit que vous tourniez une pub à la Cride et m'a indiqué où ça se trouvait . En sortant par le plus grand des hasards, j'ai vu passer deux voitures aux plaques italiennes et j'ai immédiatement reconnu le curé. Je me suis débrouillée pour récupérer un flingue et je me suis mise à l'affût, car je savais que ces bâtards viendraient.

Stan lui présenta un par un les membres de sa bande qui la remercia chaleureusement.

Alain interrogea Stanislas :

—Que fait-on maintenant ?

—On termine ce que nous avons commencé.

—Et ces salauds, comment s'en débarrasse-t-on ?

—J'ai une petite idée, ils vont remplacer le trésor.

Esther et Patrick s'occupaient de Claude. Ils finirent de vider la nacelle, et ils y mirent les cadavres avec leurs armes. Aby prit les commandes de la grue, car Claude était dans le coaltar. Heureusement, il lui avait fait un cours accéléré de conduite de l'engin. Alain et Stan se chargèrent de déposer les macchabées dans la cavité, après leur avoir fouillé les poches. Ils récupèrent les clés de leurs voitures, pour pouvoir les éloigner du site. De la même façon qu'il avait procédé la fois précédente, Stan ferma la grotte avec des pierres scellées par du mortier, et il fit un parterre de jeunes pousses de cactus. Dès que le magot fut mis en sécurité à l'entrepôt, les véhicules aux plaques italiennes furent conduits jusqu'à Nice et laissés dans un parking, après avoir été nettoyés de tout indice pouvant les confondre. Dans la journée, le reste du groupe démonta le campement et rapporta les camions ainsi que tout le matériel de location. Plus tard, dans la soirée, la troupe fit route sur Callelongue accompagné par Vicky qui s'était jointe à eux. La mort des salauds n'avait bizarrement pas affecté les amis de Stan, qui leur avait expliqué, que maintenant, ils étaient vraiment libres. Une fois de plus, c'est autour d'une table que les amis burent un verre au succès de leur mission. Les conversations allèrent bon train et l'on sentait que c'était

la fin d'une histoire passionnante. Alain allait s'envoler rapidement pour retrouver sa dulcinée, mais les autres voulaient rester auprès de Stan et d'Abygael pour vivre des moments forts en adrénalines. En attendant, Claude et Sonia avaient décidé de partir en balade en Australie, alors que Patrick et Esther étaient convenu de retourner à Bali. Stanislas et Vicky discutèrent longuement de leurs projets respectifs. Elle lui parla de son voyage à Roti sur les traces de Clotilde et évoqua son envie d'aller à la recherche de ses avatars. Stan lui raconta les différentes péripéties, qu'il avait vécues avec toute l'équipe, et l'invita à les rejoindre, si elle le désirait ! Vicky et Stan savaient qu'ils auraient encore beaucoup de sauts à faire dans le temps, mais la perspective d'aventures les réjouissait chacun de leur côté. Il était sûr que ces deux-là allaient se recroiser.

Épilogue

Quelques mois plus tard...

Vicky reprit la maison de Clotilde à Roti et retourna dans le passé pour amasser des richesses, afin d'aider les gens de l'île, comme le faisait l'aventurière dont elle partageait les souvenirs. Aby et Stan achetèrent une bâtisse immense, entourée de vignes à Sanary-sur-Mer et s'y installèrent officiellement. Ils furent heureux de pouvoir s'y retrouver un peu seuls. Stan contacta Moses pour lui demander de commencer rapidement la recherche de renaissants et il fit revenir Guy en France pour lui proposer de participer à son projet, « avoir un pilote d'hélicoptère pouvait s'avérer bien utile ». Max, quant à lui, se chargea de transformer les cinq tonnes d'or, ainsi que les bijoux en billets. Stanislas décida de conserver les statues et la totalité des pierres qu'il déposa dans une chambre forte qu'il avait fait installer chez lui. Abygael qui s'était chargée de la décoration de la maison, avait commandé à un menuisier, la fabrication d'une magnifique bibliothèque pour y déposer les livres et les manuscrits anciens. Stanislas Toussaint, quelques mois plus tard, était à la tête d'une fortune colossale. Il commença par mettre ses amis à l'abri du besoin, et ensuite, il s'occupa de faire du mécénat dans la ville de Sanary-sur-Mer dont il était tombé amoureux. Avec Aby, ils parcoururent le monde et souvent, ils participèrent à des projets humanitaires.

Stan était un homme heureux, il allait passer le reste de sa vie avec la sublime Abygael...

Fin.

REMERCIEMENTS

Je voudrais témoigner toute ma reconnaissance pour leur aide précieuse, à Myriam, Mr Siehr, Mr Blanchet, Jean-Louis et Valérie, mais aussi, la Maison de la Presse de Sanary, la librairie, les Mots Passants de Bandol, le restaurant le Baroudeur et bien sûr, la SNSM de Bandol.

Je remercie tous ceux qui m'ont encouragé.

Table des matières

Printed in Poland
by Amazon Fulfillment
Poland Sp. z o.o., Wrocław

91290452R00134